십대를 위한 고전의 재해석 앤솔로지 **3**

빌런의 속사정

초판 1쇄 발행 2024년 5월 20일

지은이 전건우, 배명은, 정명섭, 박영순
그린이 박영순

기획·편집 도은주, 류정화
마케팅 이수정

펴낸이 윤주용
펴낸곳 초록비책공방

출판등록 2013년 4월 25일 제2013-000130
주소 서울시 마포구 월드컵북로 402 KGIT 센터 925A호
전화 0505-566-5522 팩스 02-6008-1777

메일 greenrainbooks@naver.com
인스타 @greenrainbooks
포스트 http://post.naver.com/jooyongy

ISBN 979-11-93296-29-5 (43810)

어려운 것은 쉽게 쉬운 것은 깊게 깊은 것은 유쾌하게

초록비책공방은 여러분의 소중한 의견을 기다리고 있습니다.
원고 투고, 오탈자 제보, 제휴 제안은 greenrainbooks@naver.com으로 보내주세요.

빌런의 속사정

전건우, 배명은, 정명섭, 박영순 지음 | 박영순 그림

여는 글

우리는 멋진 주인공이 활약하는 이야기를 좋아합니다. 특히 무시무시하고 강력한 빌런을 주인공의 힘과 지혜로 물리칠 때 더 큰 재미와 짜릿한 쾌감을 느끼죠. 나쁜 짓을 일삼는 빌런을 처치하는 건 무척 통쾌한 일이니까요.

우리가 흔히 아는 고전 속에도 수많은 빌런이 등장합니다. 사악한 마녀, 사람을 잡아먹는 거인, 무시무시한 괴물이나 욕심쟁이 왕 등 그 모습은 제각각 다르지요. 하지만 빌런의 역할은 비슷합니다. 바로 선량한 인간을 괴롭히고 주인공을 위기에 빠트리는 거죠. 이런 빌런이 존재하기 때문에 우리는 주인공을 더욱 응원하게 됩니다. 이 말은 강력한 빌런이 등장할수록 이야기는 더 흥미진진해진다는 뜻이기도 하죠.

〈고전의 재해석〉 시리즈가 어느덧 세 권째를 맞이했습니다.

이번 편의 주제는 '빌런'입니다. 고전에 등장하는 각종 악당을 새로운 시각으로 보고 해석하자는 게 기획의 취지였습니다. 이번에 작품을 실은 작가들은 이런 의문을 품었습니다.

"빌런은 항상 나쁜 짓만 할까?"
"빌런에게는 사연이 없을까?"
"빌런도 이유가 있어서 그런 존재가 되지 않았을까?"
"우리가 빌런에 대해 오해하고 있는 건 아닐까?"

생각해 보면 지금껏 빌런이 주인공인 이야기는 잘 없었습니다. 빌런은 짠, 하고 등장했다가 주인공에게 퇴치당한 후 획 사라지는 역할 그 이상도 그 이하도 아니었죠. 바로 그런 빌런을 주인공으로 내세워 보니 새로운 이야기가 줄줄이 탄생했습니다.
물론 이 세상에 나쁜 일을 해도 되는 이유는 존재하지 않습니다. 악하게 살면 벌을 받는 게 마땅한 이치죠. 다만 모두가 나쁜 사람이라고 손가락질할 때 그 존재에게도 어떤 사정 하나쯤은 있는 게 아닐지 생각해 본다면 우리의 이해의 폭은 넓어질 것입니다.

빌런은 타인의 고통을 이해하지 못하는 자들입니다. 자기가 보고 싶은 것만 보고, 듣고 싶은 것만 들으며 마음대로 행동하는 악당이죠. 그런 점에서 봤을 때, 우리 역시 빌런에게 관심과 이해의 미덕을 베풀지 않으면 그 악당과 똑같은 실수를 하게 될 수도 있습니다.

고전 속에만 등장하면 좋겠지만 아쉽게도 이 세상에는 빌런이 넘쳐납니다. 당장 우리 주위만 보더라도 누군가를 괴롭히는 사람부터 전쟁을 일삼는 나쁜 지도자까지 참 많은 빌런이 있죠. 도대체 왜 이들이 이런 일을 저지르는지 관심을 가지고 지켜본다면, 또 다른 빌런이 등장하는 걸 막을 수 있을지도 모릅니다.

〈고전의 재해석〉 시리즈는 언제나 새로운 관점으로 이야기를 풀어갑니다. 다음에는 또 어떤 주제로 고전을 지금 시대에 맞는 이야기로 만들지 벌써 기대가 됩니다. 빌런의 입장에서 빌런을 주인공으로 한 이번 이야기도 재미있게 읽어주세요. 이 시리즈를 사랑해 주는 독자 여러분께 감사의 말을 전합니다.

 # 차례

이 세계에서 거인으로
다시 태어난 일에 대하여

〰〰〰〰〰

전건우

〰〰〰〰〰

원작 《잭과 콩나무》에 대하여

　아주 오랜 옛날, 잭이라는 착한 소년과 어머니가 작은 집에서 살고 있었습니다. 너무나 가난했던 잭의 집에는 이제 먹을 거라곤 하나도 없이 다 떨어졌습니다. 하는 수 없이 어머니는 잭에게 딱 한 마리밖에 남지 않은 암소를 시장에 가서 팔아오라고 시켰습니다. 착한 잭은 어머니의 말에 따라 암소를 끌고 시장으로 향했죠.

　그런데 시장으로 가던 중 아주 나이가 많고 아파 보이는 할머니를 만나게 되었습니다. 할머니는 잭에게 제발 암소를 줄 수 없느냐고 부탁을 하죠. 그러면 콩 세 알을 주겠다고요. 고민하던 잭은 암소와 콩 세 알을 바꾸고 맙니다. 콩 세 알을 들고 집으로 오자 어머니는 버럭 화를 내셨어요. 그러면서 콩을 마당에 내던져 버렸습니다.

　다음 날 아침, 잭은 마당에 엄청나게 굵고 높이 자란 콩나무 한 그루가 서 있는 걸 발견합니다. 호기심이 든 잭은 그

나무를 타고 하늘 위까지 올라갔어요. 거기에는 아주 거대한 성이 있었습니다. 그 성은 인간을 잡아먹는 무시무시한 거인이 사는 곳이었죠.

하인의 경고에도 성에 들어간 잭은 거기서 황금알을 낳는 거위를 보고는 그걸 가지고 집으로 돌아옵니다. 다음날 또 나무를 타고 거인의 성으로 향한 잭은 이번에는 금화가 잔뜩 든 주머니를 가지고 오죠. 세 번째로 거인의 성에 갔을 때는 노래하는 하프를 들고 옵니다. 하지만 하프가 비명을 질러 거인에게 들키고 말죠.

부랴부랴 도망쳐 나무를 타고 지상으로 내려온 잭은 도끼를 들고 나무를 베어버립니다. 잭을 쫓던 거인은 그만 하늘에서 떨어져 죽고 말죠. 나쁜 거인을 물리친 잭은 영웅이 되고 부자로 평생 행복하게 살았답니다.

나는 죽었다. 그건 틀림없는 사실이다. 신호를 무시한 채 달려온 덤프트럭이 나를 쳤고, 그것으로 내 15년 인생은 끝났다. 마지막으로 본 것은 새하얀 빛이었다. 하늘에서 쏟아져 내려오는 그 빛이 몸을 감싸는 순간 나는 죽었다는 걸 확신했다.

그런데 도무지 믿을 수 없는 일이 일어났다.

"주인님. 좋은 아침입니다."

지금 나를 올려다보며 주인님이라 부르는 이는 떡 벌어진 어깨에 온몸이 근육질인 여자였다. 종합격투기 선수가 아닐까 싶었지만 여자는 리본 달린 앞치마를 두른 채 공손한 자세로 손을 모으고 있을 뿐이다. 게다가 작았다. 그러니까 그건… 나에 비해 그렇다는 의미였다. 여자는 침대에 걸터앉은 내 무릎 정도밖에 오지 않았다.

"여, 여기가 어디…."

목소리가 너무 커서 나도 모르게 말을 멈췄다. 그러고는 주위를 둘러보았다. 병원은 아니었다. 그렇다고 우리 집도 아니었다.

천장에 달린 화려한 샹들리에, 꽃무늬 벽지와 갈색 양탄자, 타닥 타닥 소리를 내며 타오르는 벽난로 속 장작, 그리고 창가에 놓인 흔들의자까지 어느 것 하나 평범해 보이지 않았다. 평범하지 않은 건 그것만이 아니었다. 여자가 말했다.

"오늘 아침 메뉴는 멧돼지 통구이 다섯 마리와 버섯이 잔뜩 들어간 수프, 거기에 크림을 가득 얹은 팬케이크 스무 장입니다. 다이어트를 시작한다고 하셔서 평소에 비해 적게 준비했습니다."

"지금 그걸 다 먹으라고요?"

어이가 없어 물었다.

"역시 너무 적죠? 지금 당장 멧돼지 몇 마리를 더 잡아 와서…."

"아, 아뇨! 괜찮아요."

"그럼 어서 내려오세요. 음식이 식습니다."

"네! 알겠어요."

일단 그렇게 대답했다. 정신이 없고 얼떨떨하기만 했다. 꿈이라기에는 모든 게 너무 생생했고 사후 세계라기에는 하나부터 열까지 전부 이상했다. 여자는 돌아서서 나가려다가 멈칫하더니 내게 말했다.

"그런데 주인님, 말투가 왜 그러세요? 평소처럼 줄리엣이라 부르고 편하게 말씀하세요. 저는 일개 하녀고 주인님은 명망 높은 거인 가문의 후계자시니까요.”

여자, 아니 줄리엣은 내가 질문을 던지기도 전에 종종걸음으로 자리를 떴다. 나는 줄리엣이 방에서 나가기를 기다렸다가 침대에서 일어나 거울 앞에 섰다. 그 순간 내 입에서 튀어나온 건 비명이었다.

“으악!”

거울 속을 가득 채운 얼굴은 인간과는 거리가 먼 모습이었다. 툭 튀어나온 이마에 크고 뭉툭한 코, 부리부리한 눈, 거기에 비죽 솟아오른 아래 어금니 두 개는 영화나 게임 속에 등장하는 ‘오우거’ 그 자체였다. 사람을 잡아먹는 거대한 괴물!

“무슨 일입니까, 주인님? 쥐라도 나타났습니까?”

문밖에서 줄리엣의 목소리가 들렸다.

“아, 아니야!”

나는 재빨리 대답한 후 머리를 굴렸다. 어떻게 된 상황인지 도무지 알 수 없었지만 하나는 확실했다. 지금의 나는 열다섯 살 김규민이 아니라 난폭하고 성질 더러운 거인이 되었다는 사실.

‘잠깐! 난폭한 거인이라면…’

퍼뜩 한 가지 기억이 머릿속을 스치고 지나갔다. 나는 동네 도서관에서 책을 빌려오던 길에 사고를 당했다. 그 책이 바로《잭과 콩나무》였다. 중학생씩이나 된 내가 동화책을 빌린 이유는 독서부 숙제 때문이었다. ‘동화 한 편을 읽고 다시 써보기’가 숙제

였고 나는 난폭한 거인이 통쾌하게 당하는 《잭과 콩나무》를 골랐던 것이다. 잭이 다른 거인들도 몽땅 무찌르는 이야기를 쓸 생각으로.

그랬는데…….

"내가 동화 속에 들어온 거라고?"

나도 모르게 중얼거리곤 서둘러 입을 닫았다. 내가 말해 놓고도 너무 황당했다. 눈을 오래 감았다가 떴다. 그래도 변하는 건 없었다. 볼을 꼬집어 봤다. 아프기만 했다. 다시 거울을 봤지만 흉측한 얼굴은 그대로였다.

나는… 틀림없는 거인이었다.

"이게 대체 무슨 일이야!"

머리를 감싸 쥐며 외치다가 문득 깨달았다. 거인은 대머리라는 사실을.

"안 돼!"

이번에야말로 힘껏 소리쳤다. 높은 천장에 부딪혀 쩌렁쩌렁 울리는 내 목소리는 마치 짐승이 울부짖는 것처럼 들렸다.

● ● ●

이틀이 지났다. 그동안 나는 몇 가지 정보를 더 얻었다. 우선 나는 그냥 거인이 아니고 오우거나 괴물도 아니었다. '빅터 워델 올라디포 3세'가 내 이름이었다. 어마어마하게 넓은 거실 벽에 걸린 역시 어마어마하게 큰 액자 속에 내 초상화가 들어 있었다. 그림 밑에 바로 그 이름이 적혀 있었다.

"빅 터 워 델 올 라 디 포 3 세."

나는 그 이름을 천천히 발음해 봤다. 신기했다. 그냥 나쁜 거인이 아니라 이름이 있다니…. 그뿐만이 아니었다. 거인, 그러니까 내게는 가족도 있었다. 내가 초상화 옆에 걸린 다른 인물화 액자를 보고 있으니 줄리엣이 다가와 말했다.

"주인님, 역시 가족이 보고 싶으시죠?"

"가족…."

그러고 보니 그림 속 인물들은 모두 나와 닮아 있었다.

"그 잔인한 인간들만 아니었으면. 쯧쯧."

줄리엣이 하는 이야기를 들어보니 대충 상황을 알 것 같았다. 몇 년 전, 평화롭고 행복하게 살고 있던 우리 집에 거인 사냥꾼이라 불리는 인간들이 쳐들어왔다. 그 인간들의 손에 부모님과 누나, 남동생까지 모두 죽고 나만 살아남아 이곳 구름 위 세상까지 도망쳤던 것이다. 나는 묻지 않을 수 없었다.

"하지만 인간들 입장에서는 자기를 잡아먹고 괴롭히는 거인이 큰 위협이지 않았을까?"

내 물음에 줄리엣은 화들짝 놀라며 목소리를 높였다.

"어휴, 주인님. 농담이라도 그런 말씀 마세요. 인간을 잡아먹다니요! 세상에 맛있는 게 얼마나 많은데 세균 덩어리인 인간을 먹겠습니까? 게다가 주인님 가족은 그야말로 평화를 사랑하는 아주 고상한 분들이었잖아요. 누구도 괴롭히지 않았어요!"

줄리엣의 말은 사실인 듯했다. 적어도 고상하다는 점에서는.

저택 곳곳에는 아름다운 그림과 조각상이 가득했는데 그 모든 게 나와 내 가족의 작품이었다. 내 방에는 거인에게 딱 어울리는 크기의 피아노도 있었다. 내가 피아노 앞에 앉자 줄리엣은 눈물까지 글썽거리며 또 말했다.

"주인님 가족이 각자 악기 하나씩 들고 연주하며 노래 부를 땐 정말 아름답고 행복해 보였는데…."

나는 내가 아는 거인과 달라도 너무 다른 모습에 당황했다. 동화 속 거인은 인간을 잡아먹는 무식하고 난폭한 괴물 그 자체였는데 실제로는 이럴 줄이야.

저택 앞쪽 정원에는 아름다운 꽃과 나무가 가득했다. 그곳에는 나비와 온갖 새들이 날아들었다. 뒤뜰에는 작은 호수가 있었고 그 안에서 거위와 오리들이 헤엄쳤다. 동물들은 나를 조금도 무서워하지 않았다. 특히 거위들은 내 뒤를 졸졸 따라오며 신나게 노래도 불렀다. 내가 손을 내밀고 조용히 서 있으면 나비가 날아와 가만히 앉았다가 가기도 했다. 모든 게 믿을 수 없을 만큼 평화로웠다. 정원은 말할 것도 없고 저택 안에도 은은하고 기분 좋은 향이 떠돌았다. 줄리엣이 만들어 주는 음식은 정말로 끝내주게 맛있었다. 엄마 아빠가 보고 싶다는 점만 뺀다면 거인으로 사는 것도 나쁘지 않겠다 싶을 정도였다.

사흘째 되는 날 밤, 나는 잠자리에 들기 전에 줄리엣에게 물었다.

"내 친구는 한 명도 없는 거야?"

"노래하는 하프도 있고 황금알을 낳는 거위도 있잖아요. 참새도 나비도 모두 주인님의 친구랍니다."

"그렇구나….."

나는 뭔가 더 말하려다가 돌아섰다. 거인은 참 외로웠겠다고 생각하면서.

●●●

며칠이 더 지났다. 그동안 난 틈날 때마다 산책하고, 하프의 노래를 듣고, 거위들에게 밥을 주고, 정원의 잡초를 뽑으며 지냈다. 책도 몇 권 읽었다. 거인의 저택 서재에는 셀 수 없을 만큼 많은 책이 꽂혀 있었다. 들어본 적도 없는 흥미진진한 이야기가 가득한 소설들이었다. 벽난로 불을 쬐며 흔들의자에 앉아 책 읽을 때가 제일 행복했다. 물론 심심하기는 했다. 더 이상 휴대폰도, 게임기도, 컴퓨터나 텔레비전도 없었으니까. 줄리엣은 저택을 관리하느라 늘 바빴고 나는 시간 대부분을 혼자서 보냈다. 그래도 조금씩 적응해 나갔다. 여전히 무심코 거울을 볼 때면 깜짝깜짝 놀라기는 했지만.

그러던 어느 날 사건이 터졌다.

"주인님! 주인님!"

정원에서 줄리엣의 다급한 목소리가 들리기에 나는 성큼성큼 밖으로 나가보았다.

"무슨 일이야?"

내가 묻자 줄리엣은 아침 이슬에 젖어 축축하게 변한 흙바닥을 가리켰다.

"이것 좀 보세요! 이상한 발자국이 있어요."

줄리엣의 말 그대로였다. 바닥에 아주 작은 발자국이 찍혀 있었다. 발자국은 정원을 지나 저택으로 향하고 있었다.

"이 발자국은…."

"맞습니다. 이건 틀림없이 인간 발자국이에요! 밤사이에 인간이 숨어든 게 분명합니다!"

"인간이라고?"

"주인님을 해치러 온 거인 사냥꾼이면 어쩌죠? 이곳마저 발각되면 더는 숨을 데도 없어요."

줄리엣은 걱정이 가득한 표정이었다. 나는 긴장감을 애써 누르며 최대한 침착하게 말했다.

"내가 저택 안을 둘러볼 테니까 줄리엣은 정원과 뒤뜰을 살펴봐 줘."

"알겠습니다, 주인님. 제발 몸조심하세요. 만약 인간을 발견한다면 꼭 소리치세요. 제가 달려가서 목을 비틀어 버릴게요!"

나는 우두둑 소리가 나게 손가락을 꺾는 줄리엣을 뒤로 하고 저택으로 향했다. 줄리엣이 무슨 이유로 걱정하는지 나는 알고 있었다. 서재에서 읽은 책 중에는 거인에 관한 기록도 있었는데, 그 기록에 따르면 거인은 선천적으로 폭력을 싫어하고 착한 종족이라 어떤 순간에도 다른 생명을 해치거나 죽이지 못했다. 인간들은 그 약점을 이용해 거인을 사냥했고 그러면서 온갖 보물을 빼앗았던 것이다. 한 마디로 거인은 키만 아주 큰 어린아이나 다름없었다.

최대한 발소리를 죽이며 거실을 가로질렀다. 그래봐야 쿵쿵 소리가 나는 건 어쩔 수 없었지만.

'이상한 냄새가 나는데?'

거인은 후각이 예민했다. 나는 저택을 맴도는 꽃향기 속에서 낯선 냄새를 맡았다. 아주 역하고 퀴퀴한 냄새였다. 악취는 주방까지 이어졌다. 주방 어딘가에 인간이 숨어 있는 게 확실했다.

"빨리 나와!"

나는 일부러 목소리를 높여 외친 후 커다란 국자를 손에 쥐었다. 국자일 뿐이지만 나보다 훨씬 작은 인간에게는 치명적인 무기가 될 터였다.

부스럭거리는 소리가 들린 건 내가 빵 굽는 화덕 안을 살펴볼 때였다. 재빨리 고개를 돌렸다. 무언가가 찬장 아래 칸에서 달려 나와 주방을 가로질러 나갔다. 인간이었다. 그것도 아주 작은 소년!

"거기 서!"

천둥 같은 내 목소리에 놀랐는지 소년은 그 자리에 주저앉아 버렸다. 나는 안 그래도 험악한 인상을 한껏 구기며 한 발 한 발 다가갔다.

"으악!"

소년은 하얗게 질린 얼굴로 비명을 질렀다. 나는 낡고 해진 옷에 구멍 난 신발을 신은 소년을 노려보며 물었다.

"넌 누구지? 어디서 왔지? 뭘 하려고 숨어든 거지?"

"대, 대답할 테니 제발 잡아먹지만 마세요, 거인님."

소년은 금방이라도 울 듯이 떨면서 말했다.

"거인은 인간을 잡아먹지 않아!"

"정말요?"

"대신 꽁꽁 묶은 뒤 장난감처럼 가지고 놀 순 있지! 으하하."

"안 돼요! 제발 살려주세요."

소년을 놀리는 건 재밌었다. 하지만 슬슬 그만해야 할 것 같았다. 줄리엣이 소년을 발견하기라도 한다면 진짜 목을 비틀어 죽일지도 모르니까.

"알았으니까 내 질문에 대답이나 해!"

"네! 저, 저는 잭이라고 하고⋯."

"뭐? 잭?"

머리가 띵했다. 왜 그 생각을 못 했을까. 내가 다시 태어난 곳은 동화《잭과 콩나무》속이었다. 그렇다는 건….

"네, 제 이름이 잭이에요."

"엄마랑 둘이 살면서 먹을 게 떨어져 소 팔러 나갔다가 콩으로 바꿔왔는데 그 콩이 하늘까지 쑥쑥 자라 호기심에 콩나무 줄기를 타고 올라온 바로 그 잭?"

잭은 어안이 벙벙한 얼굴로 나를 올려다보다가 더듬거리며 물었다.

"어, 어떻게 아세요?"

"동화… 아, 아니 원래 거인은 모든 걸 알 수 있지! 하. 하. 하."

어색하게 웃어넘겼지만, 잭은 눈치채지 못한 것 같았다. 하긴 잭의 눈에는 내가 전지전능한 거인, 그것도 아주 무섭게 생긴 오우거로 보일 테니까.

"그런 줄도 모르고 이렇게 숨어들어서 정말 죄송합니다. 저는 아무것도 몰라요. 그냥 올라와 봤어요."

벌벌 떨면서 말하는 모습으로 봤을 때 거짓말하는 것 같지는 않았다. 나는 동화 속 내용을 떠올려 봤다. 콩나무를 타고 하늘 위로 올라온 잭은 거인의 저택에서 세 가지를 훔친다. 처음에는 금과 은이 가득 든 주머니, 그다음은 황금알을 낳는 거위, 마지막이 노래하는 하프였다. 거인, 그러니까 내 처지에서 봤을 때 잭은 아주 악랄한 도둑이었다. 그렇게 생각하니 화가 났다.

"아무것도 모르고 그냥 올라온 게 아니잖아? 뭔가를 훔치려고 했지?"

내 질문에 잭은 그야말로 펄쩍 뛰며 놀랐다.

"훔치다니요! 전 그런 나쁜 아이가 아니에요!"

"그러면 왜 여기 숨어 있었던 거야?"

"그, 그게⋯ 배가 너무 고픈데 주방에서 맛있는 냄새가 나서⋯."

말을 끝내기도 전에 잭의 배에서 꼬르륵하는 소리가 울려 퍼졌다. 자세히 보니 잭의 팔다리는 너무 가늘고 배도 쏙 들어가 있었다. 얼굴도 비쩍 마른 상태였다.

"얼마나 굶은 거야?"

내가 묻자 잭은 고개를 푹 숙이며 답했다.

"사흘이요."

그때였다.

"주인님! 인간을 잡으셨습니까?"

외침과 함께 줄리엣이 주방으로 달려 들어왔다. 잭은 줄리엣을 보자 또 사색이 되었다. 날카로운 쇠스랑을 든 채 씩씩 숨을 몰아쉬는 줄리엣의 모습은 내가 보기에도 좀 무서웠다.

"어! 그게⋯ 잡긴 했는데 거인 사냥꾼은 아니고 그냥 평범한 인간 소년이야."

나는 잭을 가리키며 말했다.

"아시잖아요? 인간은 다 조심해야 한다는 거. 이런 꼬마가 어떤 재앙을 몰고 올지 모르는 일이라니까요!"

줄리엣은 잭을 매섭게 노려봤다.

"아마 그런 일은 없을 거야. 내가 잭에 대해서는 좀 알거든."

"그게 무슨?"

고개를 갸우뚱하는 줄리엣을 보며 나는 말을 덧붙였다.

"그것보다 잭한테 먹을 것 좀 줘. 사흘이나 굶었대."

"아니 쥐새끼처럼 숨어든 인간에게 왜 먹을 걸 줍니까? 그리고 잭이라니, 이름은 또 어떻게 아시고…."

"그냥 내 말대로 해줘, 줄리엣. 나도 같이 먹을 테니까."

"그렇게까지 말씀하시니 준비는 하겠지만…."

줄리엣는 투덜거리면서도 쇠스랑을 내려놓고 식탁을 닦기 시작했다. 나는 잭에게 눈짓을 보낸 뒤 천천히 거실로 향했다. 잭은 조심스럽게 내 뒤를 따라왔다.

우리는 거실 소파에 마주 보고 앉았다. 물론 잭은 거대한 소파에 거의 파묻힌 꼴이었지만. 잭에게 물었다.

"여기로 올라왔다는 걸 누가 알고 있지?"

"아무도 몰라요. 엄마는 밤마다 술을 잔뜩 마시고 오후에나 일어나요. 그리고 전 딱히 친구가 없거든요."

"친구가 없어?"

"네, 가난한 저랑은 아무도 같이 놀아주지 않아요."

"음….."

잭의 쓸쓸해 보이는 표정과 흔들리는 눈동자 속에는 짙은 외로움이 깃들어 있었다. 외로움이라면 나도 잘 안다. 내게도 친구가 없었기 때문이다. 아이들은 엄마의 까만 피부색을 닮은 나를 놀리기만 했다. 그럴수록 난 독서에 빠져들었다. 책이 유일한 친구였다. 내 꿈은 끝내주게 재미있는 소설을 쓰는 거였다. 그런데 사고를 당했고 이제 그 꿈은 영영 이룰 수 없게 되었다. 나는 이제 외로운 거인으로 살아갈 수밖에 없을 테니까.

"거, 거인님. 혹시 우세요?"

"아니! 눈에 뭐가 들어가서."

서둘러 눈가를 훔쳤다. 이런저런 생각에 나도 모르게 눈물을 흘린 모양이다.

"저도 가끔 울 때가 있어요. 슬프거나 외로울 때요. 배고플 때는 울면 안 돼요. 그러면 배가 더….."

"안 운다니까!"

"네? 네."

잭은 눈을 동그랗게 뜨고서는 입을 다물었다. 나는 잭을 지그시 바라보다가 물었다.

"그럼 매일 너 혼자 논 거야?"

"네."

"뭐 하면서?"

"이야기 만들기…."

"이야기를 만든다고?"

"혼자서 이런저런 이야기를 상상해요! 왕자님과 공주님이 등장하는 이야기, 괴물을 물리치는 이야기, 그리고…"

"그리고?"

"음… 무시무시한 거인 이야기…."

잭은 말끝을 흐리며 내 눈치를 살폈다.

"괜찮아. 나 역시 얼마 전까진 거인이 모두 무시무시한 괴물인 줄 알았어. 아무튼 반갑다. 나도 상상하는 걸 좋아하거든!"

"와! 정말요? 거인님은 어떤 이야기를 상상하시는데요?"

"난 악당은 벌받고 착한 사람은 언제나 승리하는 이야기."

그랬다. 소설가가 되면 그런 이야기를 쓰고 싶었다. 결국 착한 사람 모두가 오래오래 행복하게 살았다는 이야기.

"저도 그런 이야기 좋아해요!"

잭은 그렇게 외치며 반가워했다. 그때 줄리엣이 나를 불렀다.

"주인님, 준비 끝났습니다. 식사하세요."

"밥부터 먹으며 이야기 더 할까?"

내가 묻자 잭은 눈을 반짝이며 대답했다.

"네!"

우리는 함께 주방으로 향했다. 나는 행여나 잭을 밟을까 봐 조심조심 걸었다. 그러고는 잭을 번쩍 들어 식탁 위로 올려주었다. 잭은 커다란 빵을 뜯어 먹으며 행복한 표정을 지어 보였다. 그 모습을 보자 나도 기분이 좋았다. 그랬기에 미소를 지었다. 물론 잭에게는 무시무시하게 보였겠지만.

● ● ●

그날 이후로 잭은 자주 놀러 왔다. 줄리엣은 못마땅한 눈치였지만 처음처럼 걱정하거나 경계하지는 않았다. 잭과 나는 인간과 거인이라는 커다란 차이가 있었지만 비슷한 구석 역시 많았다. 둘 다 이야기와 상상하는 걸 좋아했고, 달리기보다는 산책을, 왁자지껄 떠드는 것보다는 조용히 대화 나누는 걸 즐겼다. 음악을 좋아한다는 것도 공통점이었다. 언젠가 벽난로 앞에 앉아 하프의 노래를 함께 듣고 있을 때 잭이 조용히 말했다.

"거인님. 제 친구가 돼줘서 고마워요."

순간 따뜻하고 부드러운 기운이 온몸을 감쌌다. 나는 그게 벽난로의 열기 때문이 아니라는 사실을 잘 안다. 그건… 서로를 좋아하고 신뢰하는 사이에서만 오가는 특별한 느낌이었다. 많은 시간을 함께 보낸 건 아니지만 잭과 나는 서로에게 좋은 친구가 되어 주었다. 나는 내가 상상한 이야기를, 잭은 자기가 지어낸 이야기를 들려주기도 했다. 말없이 정원을 거닐며 꽃을 감상할 때도 있었다. 그 모든 시간이 편하고 즐거웠다.

"나도 고마워, 잭."

내 말에 잭은 미소 지었다. 잭의 옷은 여전히 이곳저곳 꿰맨 부분이 가득했고 그마저도 지저분했지만, 표정만은 처음 봤을 때보다 한층 밝아졌다. 게다가 줄리엣의 음식 덕분에 살도 조금 쪘다.

우리의 시간은 평화롭게 흘러갔다. 잭에게 그 끔찍한 일이 벌어지기 전까지는.

● ● ●

며칠 동안 잭이 찾아오지 않았다. 나는 걱정이 돼 견딜 수가 없었다. 혹시 콩나무가 쓰러진 게 아닐까 직접 가보기도 했지만 이상은 없었다. 오히려 갈수록 더 튼튼해지는 것 같았다.

"바쁜가 보죠. 별일 없을 겁니다."

내 걱정을 눈치챘는지 줄리엣이 그렇게 말했다.

"하지만…."

"주인님. 이런 말씀 드리긴 송구하지만, 전 주인님이 왜 그 인간 꼬마를 걱정하는지 모르겠습니다. 인간은 거인의 적이고…."

"적이 아니야!"

"네?"

"잭은 내 친구라고."

줄리엣과 내가 그런 대화를 한 그날 밤에 누군가가 저택 문을 두드렸다. 잭이었다. 나는 잭을 보고 깜짝 놀랐다. 얼굴에는 멍이 가득했고 눈두덩도 부어 있었다. 거기에 더해 며칠 사이 삐삐 마른 원래의 모습으로 돌아간 상태였다.

"거인님. 도와주세요."

잭은 나를 보며 힘없이 중얼거렸다.

"무슨 일이야? 누가 이런 거야? 아니다. 일단 치료부터 하자."

나는 잭을 안고 내 방으로 향했고 줄리엣이 약상자를 들고 그 뒤를 따랐다. 잭은 치료를 받으며 조용히, 그리고 천천히 이야기를 시작했다. 무척 힘들고 지친 목소리로.

"성주님이 갑자기 세금을 두 배로 올려 내라고 하셨어요. 저희 마을은 모두 너무 가난해서 그럴 수가 없었어요. 어른들은 걱정 끝에 성주님께 편지를 써서 드리기로 했어요. 어려운 사정을 좀 봐달라고. 그런데 마을에서 제대로 글을 쓸 수 있는 사람이 저밖에 없어서 결국 제가 편지를 썼어요. 거기까지는 괜찮았는데 문제는… 성주님이 그 편지를 읽고는 엄청나게 화를 내신 거예요. 그러면서 편지 쓴 자를 잡아 오라고 하셨는데, 어른들은 다들 자기와는 상관없다며 발뺌하고 결국 저만 끌려가서 매를 맞았어요. 그러고는 우리 집이 내야 하는 세금은 세 배로 늘어났고요."

"보세요, 주인님. 세상에는 나쁜 인간들이 정말 많다니까요."

잭의 이야기가 끝나자마자 줄리엣이 혀를 차며 말했다.

"내가 어떻게 도와주면 될까?"

나는 잭에게 물었다.

"모르겠어요. 너무 무섭고 힘들어서 거인님을 찾아왔어요."

잭은 울먹였다. 나는 분노가 치밀어 오르는 걸 느꼈다. 욕심 많은 성주는 물론이고 비겁한 마을 어른들까지 모두 혼내주고 싶었다. 하지만 내가 지상으로 내려가 성이고 뭐고 닥치는 대로 때려 부술 수는 없는 노릇이었다. 줄리엣이 반대할 게 뻔하기도 했지만, 무엇보다 그건 잭을 완벽하게 도울 방법이 아니었다. 위험하기도 했다. 나는 큼지막한 만큼 똑똑하기도 한 거인의 머리를 한 번 써보기로 했다.

"잭, 내가 금화 하나를 줄 테니 세금을 내."

내 말에 잭은 깜짝 놀라 입을 멍하니 벌렸다.

"네? 하, 하지만 성주님이 분명 물을 거예요. 금화가 어디서 났느냐고."

"그럼 이렇게 말해. 콩나무를 타고 올라가면 아주 멍청한 거인이 사는 저택이 있는데 거기 금은보화는 물론이고 온갖 신기한 것들이 가득하다고. 황금알을 낳는 거위도 있고, 혼자 노래 부르며 연주하는 마법의 하프도 있다고. 그런데 그 거인이 사람을 잡아먹는 오우거라서 겨우 금화 한 개만 훔쳐서 도망쳐 왔다고."

"주인님! 그건 절대 안…."

"줄리엣. 내 이야기를 끝까지 들어봐. 계획이 다 있거든."

줄리엣과 잭은 궁금하다는 듯 나를 빤히 올려다봤다. 나는 누가 들을세라 소곤소곤 계획을 털어놓았다.

다음 날 밤이 되었다. 내내 저택 바깥을 살피던 줄리엣이 내게 달려와 보고했다.

"주인님. 인간들이 이곳으로 오고 있습니다! 수가 많습니다!"

"좋아. 계획했던 대로 움직여."

"네."

줄리엣은 짧게 대답한 후 어둠 속으로 사라졌다. 나는 금화와 은화가 가득 든 주머니를 침대에 아무렇게나 늘어놓은 뒤 흔들의자에 앉아 눈을 감았다. 물론 자려는 건 아니었다. 나는 자는 척하며 도둑이 들어오길 기다릴 계획이었다.

과연 시간이 조금 흐르자 복도에서 코를 찌르는 악취가 풍겨왔다. 인간이 다가온다는 뜻이었다. 나는 살며시 실눈을 뜬 채 일부러 코 고는 시늉을 했다. 잠시 후 발소리가 가까워진다 싶더니 조용히 방문이 열렸다. 그러고는 누군가가 들어왔다. 쥐새끼처럼 살금살금.

굳이 확인하지 않아도 나는 누구인지 알 것 같았다.

성주였다.

욕심 덩어리인 그자가 잭의 말을 허투루 듣지 않으리라는 게 내 생각이었다. 성주는 금화와 은화, 보물들에 혹해서 부하들을 이끌고 이곳까지 올 것이다.

곁눈질로 살펴보니 성주가 확실했다. 뒤룩뒤룩 찐 살, 두툼한 아랫배, 비단으로 지어 입은 옷과 주렁주렁 달린 장신구까지 잭이 말한 모습과 똑같았다. 불도그처럼 축 처진 뺨 가득 욕심이 들어차 있는 것 같았다.

"그, 금이다!"

성주는 금화를 보고는 흥분해서 목소리를 높였다. 그러고는 아차 싶었는지 내 눈치를 살폈다. 그때까지도 난 훌륭하게 자는 연기를 펼치고 있었다.

"이렇게 많을 줄이야."

신난 기색을 감추지 못한 성주는 자기가 들고 온 자루에 금화를 잔뜩 집어넣었다. 그는 거기에 정신이 팔려 내가 움직이는 걸 보지 못했다. 흔들의자에서 조심스레 일어난 나는 잠시 숨을 가다듬은 뒤 내가 낼 수 있는 가장 섬뜩하고 괴물 같은 목소리로 외쳤다.

"웬 놈이냐?"

"히익!"

성주는 볼과 뱃살이 출렁일 정도로 펄쩍 뛰었다.

"감히 거인의 물건을 훔치다니 용서하지 않겠다!"

"으악!"

비명을 지르며 도망치면서도 성주는 금화가 든 자루를 놓지 않았다. 나는 일부러 느리게 움직이며 성주가 복도까지 달려 나가는 걸 지켜봤다. 소리만 크게 지르면서.

"잡으면 가만두지 않겠다!"

"빨리 날 구해줘!"

성주가 외쳤다. 부하들을 부르는 모양이었다. 밖에서 "와아!" 하는 함성이 들렸다. 곧 저택 문이 벌컥 열리며 무기를 든 병사들이 달려 들어왔다. 병사들은 나를 보고는 놀라서 멈칫했다. 나는 그때를 놓치지 않고 그야말로 거인처럼 포효했다.

"크아아! 다 잡아먹겠다!"

내가 쿵쿵 소리를 내며 달려들자, 성주는 물론이고 병사들까지 밖으로 달아났다. 그 순간까지도 욕심쟁이 성주는 금화 자루를 꼭 쥐고 있었다. 덕분에 뒤뚱거릴 수밖에 없었고 그랬기에 내가 휘두른 손을 피하지 못했다. 나는 성주를 단번에 낚아채 높이 들어 올렸다. 투실투실한 얼굴이 벌겋게 달아올랐다. 그런 성주를 노려보며 외쳤다.

"네가 무슨 짓을 했는지 알고 있겠지?"

"으악!"

성주는 비명을 질렀고 그 소리에 도망치던 병사들이 뒤를 돌아봤다. 병사 중 한 명이 외쳤다.

"성주님!"

"빨리 이 거인을 공격해. 거인은 원래 겁이 많아서 인간을 죽이지 못한다. 그러니까 우리가 이길 수 있다고!"

성주는 거인에 대해 꽤 잘 알고 있는 것 같았다. 하지만 하나만 알고 둘은 모르고 있었다. 나는 성주를 향해 씩 웃으며 물었다.

"황금알을 낳는 거위들을 보여줄까?"

"뭐, 뭐?"

"줄리엣!"

내가 밤하늘에 대고 외친 것과 병사들이 칼과 활을 들고 나를 둘러싼 것은 거의 동시였다. 다음 순간 두두두두 땅이 울렸다. 병사들은 당황한 표정으로 두리번거렸다. 그때였다. 거위들이 어둠 속에서 튀어나온 것은.

거인이 기르는 거위는 크기가 남달랐다. 한 마리가 거의 타조만 했고 성격도 매우 거칠었다. 그런 거위가 백 마리쯤 있었다.

"괴물이다!"

꽥꽥거리며 미친 듯이 달려오는 거위 떼는 내 눈에도 충분히 괴물처럼 보였다. 거위들은 푸드덕거리며 뛰어올라 병사들을 공격하기 시작했다. 아무리 잘 훈련된 병사라 해도 자기보다 훌쩍 큰 데다가 사납기까지 한 거위의 상대가 되지는 못했다.

"내 계획대로 됐군. 하하하."

나는 하나둘 쓰러지는 병사들을 보며 웃었다. 나쁜 성주와 그 부하를 한꺼번에 처리하는 게 내 계획이었다. 그래야 잭의 마을에 평화가 찾아올 테니까.

"아직 끝난 게 아니야!"

성주는 내 손에 잡혀 있으면서도 자신만만하게 소리 질렀다.

"뭐?"

그 순간이었다. 휙, 하고 무언가가 바람을 가르는 소리가 들린다 싶더니 이내 어깨가 따끔했다. 어깨에 화살이 박혀 있었다. 누군가가 크게 외쳤다.

"다시 만났군! 이번에는 살려 보내지 않겠다."

소리가 들린 쪽으로 고개를 돌려 내려다보니 갑옷을 입은 기사 다섯 명이 위풍당당하게 서 있었다. 그들은 커다란 검과 활을 들고서 나를 노려보았다.

"주인님, 거인 사냥꾼들이에요!"

어느새 달려온 줄리엣이 떨리는 목소리로 외쳤다.

"거인 사냥꾼?"

과연 그들은 강해 보였다.

"이 겁쟁이 거인 녀석. 우리가 깔끔하게 처치하겠다. 네 가족을 죽인 것처럼. 크크크."

거인 사냥꾼 중 우두머리로 보이는 자가 그렇게 외치며 웃었다.

"어서 도망치세요, 주인님. 제가 막아보겠습니다."

줄리엣이 쇠스랑을 들고 내 앞을 막아서며 말했다.

"빨리 날 놔줘! 그러면 네 목숨만은 살려주지. 크하하!"

성주는 자신의 승리를 확신하는 듯 외쳤다. 나는 그런 성주를

한 번 노려본 후 거인 사냥꾼들에게 말했다.

"나는 너희가 알고 있는 겁쟁이 거인이 아니야."

"하하. 거인이 겁쟁이가 아니라는 말은 태어나서 처음 들어보는군. 개미 한 마리 못 죽이는 네가 뭘 어떻게 하겠다는…."

"이렇게."

나는 우두머리를 발로 차버렸다.

"으악!"

그는 비명만 남긴 채 보이지 않는 점이 되어 밤하늘로 사라졌다. 이제야 속이 시원했다. 나머지 거인 사냥꾼들은 당황한 표정으로 나를 올려다봤다.

"공격! 공격해!"

성주가 다급하게 소리쳤다.

"소용없어."

검을 빼 들고 달려오는 거인 사냥꾼들을 보며 나는 힘껏 발을 굴렀다.

쿵!

땅이 들썩이며 거인 사냥꾼들이 일제히 넘어졌다. 나는 성큼성큼 다가가 네 명을 차례대로 들어 올려 저 멀리 던져버렸다. 그러고는 주위를 둘러봤다. 병사들은 모두 쓰러져 있었다. 거위들이 머리를 쪼아대도 꼼짝하지 못했다.

"주인님. 대단하세요!"

줄리엣은 감탄했고 성주는 그제야 빌기 시작했다.

"사, 살려주십시오! 살려만 주시면 뭐든 다 하겠습니다."

"정말이냐? 뭐든 다 할 거라고?"

내가 묻자 성주의 고개가 위아래로 크게 움직였다.

"네! 네!"

"좋아. 그러면 성주 자리를 내놓아라."

"네?"

"뭐든 다 하겠다고 했잖아?"

내가 목소리를 높이자 성주는 움찔했다.

"그, 그건 그런데… 제가 물러나면 누가 성주가 되는 겁니까?"

"나. 내가 성주가 될 거야."

"뭐라고요?"

줄리엣이 깜짝 놀라며 물었다.

"세상에는 잭처럼 착한 인간들도 많아. 나는 그런 인간들이 모두 행복하게 사는 성을 만들 거야."

내 말에 줄리엣은 멍하니 올려다보기만 했고 성주는 넋이 나간 표정으로 고개만 끄덕였다. 나는 웃었다. 아주 크게. 밤하늘에 쩌렁쩌렁 울려 퍼질 정도로.

나는 계획대로 성주가 되었다. 내가 콩나무를 타고 한 손에는

성주를 쥔 채 인간 세상으로 내려갔을 때 다들 깜짝 놀라 비명을 지르며 달아났다. 그때 잭이 나타나 외쳤다.

"거인님은 착해요! 나쁜 성주를 물리치고 우릴 도와주려고 오셨어요."

인간들은 잭의 말에도 집 안에 숨어 나를 훔쳐보기만 했다. 나는 그들을 향해 최대한 부드러운 표정을 지어 보이며 말했다. 그래봐야 괴물처럼 보였겠지만.

"앞으로 내가 새로운 성주가 되어 너희를 도울 것이다. 세금 같은 건 낼 필요 없다. 열심히 일한 자에게는 오히려 내가 상을 내릴 것이다. 다만 서로 싸우거나 이간질하거나 남에게 해를 입히는 인간들은 아주 무서운 벌을 내리겠다. 특히 어린 애를 잘 돌보지 않으면 절대 용서하지 않을 테니 주의하도록!"

"저, 정말입니까? 정말로 세금도 없고 열심히 일하면 상을 주시는 겁니까?"

내 말이 끝나자 누군가가 나서서 물었다.

"그렇다. 내가 꼭 약속하지. 정 못 믿겠으면 너희가 믿을 수 있도록 기록으로도 남기겠다. 잭."

"네, 거인님!"

"너는 앞으로 이 성의 기록 담당이 되어 내가 하는 행동과 말을 모두 기록하도록."

"알겠습니다!"

잭은 기쁨에 찬 목소리로 대답했다.

"자, 그럼 성으로 가볼까?"

나는 성을 향해 걷기 시작했다. 인간들이 그런 내 뒤를 졸졸 따라왔다. 그때까지 내 손아귀에 있던 성주가 더듬거리며 물었다.

"저, 저는 어떻게 되는 겁니까?"

"너도 다른 인간들과 똑같이 일을 해. 나쁜 짓 하지 말고!"

"알겠습니다."

그제야 나는 성주를 내려놓고, 인간들의 집을 밟지 않으려고 조심하며 성으로 다가갔다. 내가 쓰기에는 좀 작았지만 그래도 상관없었다. 잠이야 내 저택으로 올라가 잘 수도 있으니까. 그렇게 해서 나는 인간들을 다스리게 되었다.

나는 곧 인간 세상에 적응했고, 인간들 역시 얼마 안 가 내게 적응했다. 성주에게 내는 세금을 없애자 인간들은 더 이상 굶주리지 않았다. 굶주리지 않게 되자 밭을 갈고 가축 키우는 일을 더 열심히 했다. 인간들은 평화를 찾아갔다.

나는 성 입구에 노래하는 하프를 올려놓았다. 누구든 우울한 기분이 들거나 슬플 때면 하프의 노래를 들을 수 있도록. 그러자 성 앞 광장은 자주 축제가 열렸고, 인간들은 광장에서 하프의 노래를 들으며 춤도 추고 이야기도 나누었다.

또한 인간들은 힘든 일이 있을 때면 언제나 나를 찾아왔다. 나는 그들에게 책에서 읽은 이야기들을 들려주었다. 그러면 대부분의 고민을 해결하고 밝은 표정이 되어 돌아갔다.

"거인, 아니 성주님. 이웃 성에서 쳐들어왔습니다!"

언젠가 한 번은 전쟁이 일어나기도 했다. 나는 인간들 앞에 서서 싸웠다. 내가 팔을 휘젓고 발길질할 때마다 적들이 날아가 버렸다. 용기를 얻은 병사들은 더 열심히 싸웠다. 거위들도 톡톡히 한몫을 했다. 적들은 혼비백산해 달아났다. 성의 인간들이 그 모습을 보며 만세를 불렀다.

"성주님 만세! 거인님 만세!"

어느 해 여름에는 비가 많이 내려 산사태가 발생했다. 집이 쓸려가고 많은 인간이 피해를 보았다. 나는 제일 먼저 현장으로 달려가 흙을 파헤치고 바위를 옮기고 인간들을 구했다. 다른 인간들도 힘을 합쳐 자신들의 이웃을 도왔다. 큰 슬픔이 성 전체에 퍼져나갔지만 나도, 그리고 인간들도 위기를 잘 이겨냈다.

그 후로도 많은 세월이 흘렀다. 나를 충실히 보좌하던 잭이 어느새 성인이 되었고, 우리 성은 나라에서 가장 부유한 곳이 되었다. 인간들은 서로 다투지 않았고 자신보다 힘든 이에게 항상 따뜻한 손길을 내밀었다. 평화로웠다. 내 저택의 정원을 거닐 때처럼. 내가 마을을 돌아다니면 누구나 달려와 반갑게 인사했고, 나 역시 그들을 향해 손을 흔들어 주었다.

그러던 어느 날 밤 그자가 찾아왔다.

자다가 눈을 떠보니 검은색 후드를 쓴 사람이 서 있었다. 나는 그자를 보며 말했다.

"왔군."

"놀라지 않으시네요."

그자가 빙긋이 웃으며 말했다.

"언젠가 당신이 올 줄 알았거든."

"그렇다면 제 정체도 알겠군요."

"물론. 당신이 바로 그 옛날 잭에게 마법의 콩을 준 사람이잖아. 그렇지?"

내가 아는 동화 《잭과 콩나무》대로라면 잭에게 소를 받고 콩을 준 사람의 정체는 마법사였다. 나는 거인으로 다시 태어난 후 그 마법사에 대해 내내 생각했다. 마법사는 분명 어떤 의도를 가지고 잭에게 콩을 준 것이리라. 그는 그 콩이 하늘까지 자란다는 사실을 알았을 테니까. 그래서 짐작했다. 언젠가 한 번은 마법사가 날 찾아올지도 모르겠다고.

"맞습니다. 제가 바로 그 마법사 혹은 나그네입니다. 아니면 이렇게 불러도 좋습니다. 이야기꾼이라고."

그의 목소리는 부드러웠다.

"한 가지 물어봐도 될까?"

"뭐든지 물어보시지요."

"왜 잭에게 마법의 콩을 준 거지?"

"이번에는 뭔가 다른 이야기가 만들어질지도 모르겠다는 예감이 들었거든요."

마법사는 잠시 생각하다가 조용히 말했다.

"바뀐 이야기에 만족하나?"

나는 다시 물었다.

"물론입니다. 지금껏 제가 본 이야기 중 가장 훌륭합니다."

"그렇게 말해주니 고맙군. 그런데 오늘은 무슨 용건이 있어 찾아온 거지?"

어느 정도 짐작은 했지만 그래도 확인하고 싶었다. 마법사는 신중하게 말을 고르더니 이내 입을 열었다.

"이제 거인님의 이야기는 끝났기 때문입니다."

"그렇군."

나는 담담하게 대답했다.

"거인님은 원래 세계로 돌아가야 합니다."

"원래 세계라…."

솔직히 말해 가기 싫었다. 언제나 외톨이로 지냈던 예전 삶이 떠올랐기 때문이다. 그래도 엄마와 아빠는 보고 싶었다.

"이곳의 이야기는 여전히 평화롭게 이어질 겁니다. 이제는 거인님의 원래 세계로 가서 그곳에서 평화로운 이야기를 만드시죠."

거부할 수 없다는 걸 알고 있었다. 모든 이야기에는 끝이 있다. 어떤 동화나 소설이든 마지막 페이지가 존재하는 법이다. 내가 거인으로 다시 태어난 이야기는 이제 끝을 맞이했다.

"알았어. 잭과 줄리엣에게 고마웠다고 전해줘."

내 말에 마법사는 고개를 끄덕였다.

"알겠습니다. 그럼 눈을 감으시죠. 거인님이 눈을 떴을 땐…."

나는 마법사의 마지막 말을 다 듣지도 못한 채 다시 잠에 빠져들었다. 그리고 어느 순간 번쩍 눈을 떴다.

● ● ●

"규민아!"

귀에 익은 목소리에 고개를 돌렸다. 엄마가 나를 내려다보며 눈물을 흘리고 있었다. 옆에는 아빠가 서 있었다.

"정신이 드니?"

아빠가 물었다.

"내가 얼마나 잠들어 있었어요?"

"이틀이나 의식이 없었어, 이틀이나!"

엄마가 말했다.

"이틀?"

나는 깜짝 놀랐다. 그 정도 시간밖에 흐르지 않았다니. 주위를 둘러보았다. 아무래도 병실에 누워 있는 모양이다. 다리에 깁스한 것도 보였다. 다행히 다리 외에는 다친 곳이 없는 것 같았다.

"기적이래! 트럭에 부딪히고도 다리만 부러진 게 기적이라고 의사 선생님이 그러셨어. 정말 다행이다, 규민아."

아빠가 말했다. 늘 무뚝뚝하기만 했던 아빠가 엄마처럼 눈물을 흘리고 있었다. 그 모습을 보는 건 신기하기도 하고 뭉클하기도 했다.

"정말 이틀밖에 안 지났어?"

내가 묻자 엄마는 손을 꼭 잡아주었고 아빠가 대답했다.

"응. 그 이틀 동안 담임선생님과 네 친구들이 많이 왔다 갔어. 저기 보이지? 너 깁스한 다리에 빨리 괜찮아지길 바란다고 한 마디씩 적어놓은 거."

그랬다. 깁스엔 아이들이 비뚤비뚤한 글씨가 잔뜩 적혀 있었다.

　- 완전 놀랐어! 빨리 나아.
　- 괜찮아지면 같이 놀자!
　- 김규민 파이팅!

그 메시지를 읽고 있으니 괜스레 눈물이 났다.

"많이 아프니?"

엄마는 내가 아파서 우는 줄 알고 그렇게 물었다.

"응. 많이 아파. 근데 괜찮아."

나는 눈물을 흘리며, 하지만 입으로는 웃으며 대답했다. 그런 내게 아빠가 뭔가를 내밀었다. 책이었다.

"자, 이거. 사고 났을 때도 네가 꼭 쥐고 있던 거야."

책을 받아 들고는 제목부터 확인했다. 그 순간 내 얼굴이 환해 졌다. 책 표지에는 큼지막하게 새로운 제목이 적혀 있었다.

〈 잭과 콩나무 그리고 착한 거인 〉

나는 마지막 페이지를 펼쳐서 이야기의 끝을 확인했다. 그러 고는 그 어느 것보다 반갑고 기쁜 마지막 문장을 조용히 소리 내 어 읽었다.

"잭과 착한 거인은 그 후로도 오랫동안 우정을 쌓으며 행복하 게 살았답니다."

작가의 말

콩나무를 타고 거인의 성으로 향하는 잭의 모험담은 무척 흥미진진합니다. 잭은 결국 거인의 소중한 물건을 다 가져와 부자가 되고 거인을 물리치기까지 하죠. 이렇게 본다면 이 고전 동화는 주인공 잭이 행복한 결말을 맞이하는 아주 멋진 이야기인 것만 같습니다.

하지만 조금 다른 시각으로 이 동화를 읽어보세요. 거인이 무척 불쌍하다는 걸 알 수 있습니다. 평화롭게 살고 있던 거인의 성에 숨어든 건 잭입니다. 거인 입장에서 보면 잭이 무단침입한 거죠. 게다가 잭은 거인이 아끼던 물건을 차례차례 가져가는데요, 이건 도둑질입니다. 거인은 당연히 화가 났을 거고 꼬마 도둑을 잡으려 하지 않았을까요?

저는 이 작품, 〈이 세계에서 거인으로 다시 태어난 일에 대하여〉를 철저하게 거인의 입장이 되어 썼습니다. 인간을 잡아먹는 사나운 거인이 아니라 인간을 피해 숨어 사는 착한 거인이 등장하고, 소년 잭과 우정을 쌓아 가죠.

동화 속 세계에서 거인은 언제나 나쁜 역할로 등장하지만, 제 이야기에서만큼은 무자비한 괴물이 아니고 욕심쟁이 악당도 아니길 바랐습니다. 이렇게 바꿔서 써보니 거인이 참 매력적인 존재라는 생각을 하게 되었죠.

누구에게나 각자의 사정이 있습니다. 나만의 시각이 아닌, 다른 이의 관점에서도 한 번쯤 생각하는 여유를 가진다면 이 세상의 싸움과 전쟁도 조금은 줄어들지 않을까요?

가족의 재탄생

∧∧∧∧∧

배명은

∧∧∧∧∧

원작 《사람이 된 쥐》에 대하여

옛날에 한 선비가 절에서 과거 시험을 공부하던 중 손발톱을 깎았습니다. 그 모습을 본 스님이 손발톱을 밖에다 버리지 말라고 말했으나 선비는 그 말을 무시하고 밖에다 대충 버렸습니다.

며칠 뒤 공부를 마친 선비가 집으로 돌아가자 부모님과 아내가 깜짝 놀랍니다. 선비와 꼭 닮은 사람이 집에 있었거든요. 선비의 손발톱을 먹은 쥐가 선비로 변하여 선비 행세를 했던 겁니다. 유려한 말로 자신이 진짜임을 증명한 쥐 때문에 가짜 취급을 당한 선비는 집에서 쫓겨납니다.

슬퍼하는 선비 앞에 스님이 나타납니다. 자초지종을 들은 스님은 고양이 한 마리를 데려다가 가족과 남편 앞에서 풀어놓으라고 말합니다. 선비는 스님의 말대로 지나가는 고양이를 품에 안고 집으로 가서 온 가족이 모였을 때 고양이를 풀어놓습니다.

고양이는 날카로운 울음과 함께 가짜 선비에게 달려들었습니다. 놀란 가짜 선비는 쥐로 변하여 도망가고, 선비는 자신의 자리를 되찾아 가족들과 행복하게 살았습니다.

연하

학생들의 와자한 웃음소리가 교내에 가득 울려 퍼졌다. 열어 놓은 창문으로 들려오는 이 시끌시끌한 소리에 두통이 일었다. 침대에 누워 있던 연하는 모로 누우며 베개로 귀를 틀어막았다. 철제 의자가 뒤로 밀리는 소리가 어렴풋이 들렸다.

"곧 수업 시작이야. 많이 아프지 않으면 수업하기 전에 교실에 가는 게 어떠니? 아직 1학년이라곤 하지만, 지금부터 성적 관리는 해야지?"

양호 선생님이 하는 말이 웅웅 울렸다. 연하는 입술을 달싹였다.

"아파요."

"그래? 그럼 선생님은 잠깐 교무실에 다녀올 테니 혼자 있어."

연하는 대답 대신 몸을 더욱 웅크렸다. 문이 닫히는 소리가 나자 연하는 베개에서 손을 뗐다. 손가락 하나 까딱하고 싶지 않았다. 벚꽃 나뭇가지 그림자가 양호실 천장으로 불쑥 들어와 있었다. 검은 나뭇잎이 흔들리는 모습을 마냥 보는데 5교시를 알리는 종소리가 울렸다. 단숨에 왁자한 소리가 사라졌다. 이제는 잠을 잘 수 있겠구나.

멀리 교실에서 수업하는 선생님들의 목소리가, 운동장에선 호루라기 소리에 맞춰 운동하는 학생들의 목소리가 아련하게 들려왔다. 펄럭이는 커튼 소리마저 안온했다. 연하는 긴 숨을 내쉬며 까무룩 잠에 침잠했다. 마치 물속에 몸이 가라앉듯.

"와아아!"

느닷없는 환호성에 화들짝 놀란 연하가 두 눈을 번쩍 떴다. 심장이 쿵쾅쿵쾅 빠르게 뛰었다. 좌우를 살폈다. 잠시 꿈결에 빠져들었던 탓에 '나는 누구? 여긴 어디?'라는 생각이 들었다. 자신은 집이 아닌 양호실에 있다. 그리고 잠을 깨운 소리는 분노의 고함이 아닌 기쁨의 환호성이었다. 연하는 눈살을 찌푸리며 침대에서 일어나 창가로 갔다. 뭉게구름이 가득한 파란 하늘과 쨍쨍한 햇빛에 눈이 부셨다. 반사적으로 손을 들어 해를 가렸다.

창 너머 운동장에서 남학생들이 농구 경기를 하고 있었다. 그 주위에 선 남녀학생들이 그들을 응원했다. 그늘진 시야로 익숙한 얼굴이 보였다. 모두가 그 이름을 불렀고 그가 골대에 공을 넣으면 발을 동동 구르며 소리를 내질렀다. 해맑게 웃으며 달리는 그 얼굴을 보자 짜증이 일었다. 연하는 창문을 닫았다. 이어 커튼을 칠 때 셔츠 소매가 젖혀지며 손목에 푸른 멍 자국이 드러났다.

"연하야! 몸은 좀 괜찮아?"

5교시가 끝나고 교실에 들어서는 연하에게 친구 미경이가 물었다. 연하는 미소를 지어 보이며 미경이 뒷자리에 앉았다. 짝꿍 나은이가 혀를 차며 자신의 미스트를 연하의 얼굴에 뿌리고 손끝으로 얼굴을 톡톡 두드려 주었다.

"열일곱 얼굴이 푸석한 거 봐라. 그냥 조퇴하거나 수업 끝날 때까지 쉬지, 뭐 하러 왔어?"

"1학년이라도 성적 생각해야지."

연하는 양호 선생님이 한 말을 그대로 했다. 한 박자 뒤에 셋은 서로를 보고 웃었다.

"야야, 오늘도 진하 선배 체육 시간에 장난 아니었대. 농구 시합을 했는데, 홀로 반짝반짝 빛이 나서 언니들 눈이 멀 지경이었대."

"꺄아아!"

부반장인 혜주가 교실에 뛰어 들어와 호들갑을 떨자 여자아이들이 소리를 질렀다. 자기도 그 모습을 봤어야 했는데 왜 늦게 태어나서 같은 반이 아닌지 안타까워했다. 이내 아이들의 시선이 연하에게 향했다.

"좋겠다. 연하는 맨날 진하 선배를 집에서 보고."

그렇다. 아이들이 말하는 성진하는 현재 고2로 성연하의 오빠였다. 잘 생기고, 키도 크고, 공부 잘해, 운동 잘해. 그야말로 학생들에게 선망의 대상이었다.

연하는 그들에게 살짝 웃어 보이고 책상 위에 엎드렸다. 나은이가 애들한테 연하가 여전히 아프다고 말했다. 수업 종이 울렸다. 연하에게서 진하 선배에 대한 사소한 이야기라도 듣고 싶어 했던 아이들이 아쉬워하며 자리로 돌아갔다.

수업이 시작됐다. 선생님이 칠판에 판서를 하는데, 누군가가 교실 문을 두드렸다. 선생님이 문을 열자 아이들이 놀라며 짧게 비명을 지르는 소란이 일었다. 나은이가 엎드린 연하의 등을 두드렸다.

"선생님, 안녕하십니까. 방해해서 죄송합니다. 좀 다쳐서 양호실에 갔더니 동생이 아프다는 얘길 들어서 병원에 데려가려고요. 담임 선생님께 허락은 받았습니다."

진하가 교실 앞문에 서서 말했다. 모두의 시선이 연하에게로 향했다.

그제야 연하는 고개를 들었다. 그러고는 급하게 가방을 메고 진하 뒤를 따라갔다. 연초록 벚꽃 나뭇잎이 흔들리는 교정을 가로질러 교문을 벗어나자마자 진하의 가방이 날아들었다. 깜짝 놀라며 가방을 끌어안은 연하가 진하를 쳐다봤다.

"가라."

"어?"

진하는 핸드폰으로 어딘가에 전화했다.

"뭘 얼빵하게 서 있어? 감기든 몸살이든 집 근처 병원 가서 주사 맞고 확인서 떼와. 엄마 아빠한테 말 잘하고. 가방은 내 방 옷장에 잘 숨겨두고."

"어디 가는데? 안 그래도 아버지가 요즘 오빠 이상한 친구들이랑 어울려 늦는다며 뭐라 했잖아."

"나한테 했냐? 엄마한테 했지. 공부하느라 늦는다고 해. 이런 것까지 내가 알려줘야 해?"

연하의 떨리는 물음에 진하가 빈정댔다. 멀리서 오토바이가 달려와 진하 앞에 섰다. 진하는 스스럼없이 뒷자리에 올라탔다. 요란한 소음과 매캐한 연기를 내뱉으며 오토바이가 사라졌다. 그 모습을 보던 연하는 한숨을 내쉬고 걷기 시작했다. 내딛는 걸음이 마치 살얼음판을 걷는 듯 불안했다. 집에 너무도 가기 싫었다.

🐏 🐏 🐏

쨍그랑. 그날 밤 진하는 술에 잔뜩 취해 집에 들어왔다. 현관문을 연 엄마가 급히 아들을 조용히 시켰다. 퇴근하고 오신 아버지가 일찍 주무시고 있었기 때문이다. 그러나 취해 비틀거리며 들어오던 진하가 테이블 위 화병을 깨트리고 말았다.

그 소리에 아버지가 방에서 나왔다. 제대로 서지도 못할 정도로 취한 아들을 본 아버지의 사각턱이 단단해지고 얼굴이 점차

붉어졌다. 부릅뜬 두 눈이 연하를 쳐다봤다. 진하가 시킨 대로 말한 연하의 변명이 거짓으로 들통난 순간이다.

"아, 아버지."

연하의 몸이 파르르 떨렸다. 아빠의 억센 손아귀가 연하의 팔을 낚아챘다.

"여보!"

엄마가 급히 그 손을 붙들었다.

"낼모레면 수능 볼 녀석이 술 처마시고 돌아다니게 놔두고. 게다가 이렇게 교복을 입은 채로! 엄마란 사람이 대체 애를 어떻게 키우는 거야? 딸내미와 작당해서 잘하는 짓이다. 이거 놔!"

아버지가 반대 손으로 엄마의 옷 솔기를 잡아 강제로 떼어냈다. 우악스러운 힘에 버티지 못한 엄마가 나동그라졌다. 연하의 몸도 앞으로 딸려 가다 휘청거리며 미끄러졌다.

"너, 감히 아버지한테 거짓말을 해?"

아버지에게 잡힌 팔이 아팠다.

"아니, 아버지, 그게 아니라요!"

"또 어디서 거짓말을!"

아버지가 손을 치켜들었다.

"얼굴은 안돼!"

급박하게 진하가 외쳤다. 순간 내리치려던 손이 멈칫했다. 모두의 시선이 휘청이는 진하에게 향했다.

"쟤가 내 동생인 거 다 아는데 얼굴에 상처라도 나봐. 다들 뭐라고 하겠어? 쪽팔리게."

진하가 투덜거리자 아버지의 손이 밑으로 내려갔다.

"크흠, 시끄러워 인마. 넌 술 깨고 봐. 또 이러면 맞을 줄 알아!"

"알았어. 호기심에 마셔봤어. 이제 안 마셔!"

진하가 애교스럽게 말하자 아버지의 손아귀에서 힘이 빠졌다. 그제야 연하는 욱신거리는 팔을 감쌌다. 엄마가 연하를 조심스레 일으켰다.

"뭐해? 애 꿀물 주지 않고!"

아버지의 호통에 엄마는 급히 부엌으로 갔다.

"너! 다시 거짓말하면 가만 안 둘 줄 알아"

연하가 고개를 끄덕였다. 눈물이 툭 하고 떨어졌다. 뿌연 시야에 진하가 비웃고 선 모습이 보였다.

🐑 🐑 🐑

재개발 전단이 곳곳에 붙은 오래된 주택가에 연하네가 있다. 낡은 단층집에 몇 평 되지 않는 마당, 그 주위로 촘촘히 선 측백나무, 그 뒤에 콘크리트 담장이 있는 집. 아침 해는 떴으나 집안엔 해가 들지 않아 일찍부터 불이 켜지는 곳이다.

연하는 늘 그렇듯이 새벽부터 일어나 부엌에서 아침 식사 준비하는 엄마를 도왔다. 압력밥솥에서는 김이 나고 가스레인지에서는 된장찌개가 끓었다. 접시에 반찬을 옮겨 담던 엄마가 잠시 화장실에 다녀오겠다며 자리를 비웠다.

연하는 밥솥에서 제일 첫 밥을 퍼 아버지 밥그릇에 담다가 잠시 고개를 들었다. 그 순간 열어놓은 주방 창 너머 측백나무 밑으로 뭔가가 움직이는 듯했다. 자세히 보니 손바닥만 한 쥐였다.

처음 보는 쥐의 모습에 질겁했으나 밥 냄새를 맡는 듯 고개를 들고 코를 킁킁거리는 모습이 그렇게 징그럽지는 않았다. 창 너머 연하와 눈이 마주쳐도 도망치기는커녕 빤히 쳐다보는 것이 마치 밥을 청하는 것도 같았다. 누구처럼 뻔뻔하지 않은 예의 바른 시선이었다.

문득 지금 들고 있는 아버지의 밥그릇을 보자 전날 밤이 떠올랐다. 자신을 폭행한 아버지. 잘못은 진하가 했지만 그 화는 언제나 엄마와 연하의 몫이었다. 짜증이 치밀었다. 그래서 밥그릇을 창밖으로 내어 뒤집었다. 흰 쌀밥이 바닥에 떨어졌다. 하얀 김이 피어오르는 쌀밥의 고소한 냄새를 맡은 쥐가 잠시 주저하더니 달려왔다. 그리고 이내 뜨거운 밥에 코를 박고 먹기 시작했다.

"차라리 오빠보다 네가 훨씬 낫겠다."

연하가 중얼거리자 쥐가 고개를 들었다. 감사를 표하는 것 같았다.

"엄마아~ 나 물! 머리가 깨질 거 같아!"

진하가 부엌으로 오며 말했다. 된장찌개를 보고는 해장엔 북

엇국이라던데 이게 뭐냐고 투덜대기까지 했다. 연하는 진하의 얼굴을 보자 어제 자신을 비웃던 모습이 떠올라 경멸이 일었다. 아버지 밥그릇을 뒤로 숨기며 다시 중얼거렸다.

"그래, 차라리 쥐가 낫겠어."

이런 건 가족이 아니야.

🐘 🐘 🐘

"연하야!"

화장실에서 체육복을 갈아입고 나오는 연하를 발견한 나은 이가 달려왔다. 6월의 초여름인데도 연하는 긴팔 체육복을 입고 있었다.

"안 덥겠어?"

"괜찮아. 너희에게 보여주고 싶지 않은…"

"흉터가 있다고."

체육 시간만 되면 혼자 화장실에서 옷을 갈아입는 연하에게 몇 번이고 듣는 이유였다. 그때마다 우리는 괜찮다고 했으나 본인이 싫다는데 어쩔 수 없었다. "그래도 여름에 긴팔이면 힘들 텐데." 하며 나은이가 안타까워하자 그 마음을 아는 연하가 괜찮다며 어깨로 나은이의 어깨를 툭 쳤다.

서로 키득거리며 계단을 내려가는데 진하가 친구들이랑 올라왔다.

"어? 성연하!"

진하가 반갑게 연하의 이름을 불렀다. 멈칫하자 진하의 시선이 나은에게로 향했다.

"연하 친구지? 몇 번 본 거 같은데. 어째 연하 친구들은 다 예쁘네?"

진하의 말에 나은이의 얼굴이 붉어졌다.

"가자."

연하가 나은이의 손을 잡아끌었다.

"뭐야? 연하야, 왜 화났어?"

진하가 연하를 붙잡고 물었다. 얼굴은 생글생글 웃고 있었지만 붙잡은 손엔 힘이 잔뜩 들어가 있었다. 반항심이 들다가도 자신을 내려다보는 진하의 눈빛에 움찔 위축되는 건 어쩔 수 없었다.

"화 안 났어."

연하가 자그맣게 중얼거렸다.

"아! 맞다. 아까 엄마가…"

진하가 막 생각났다는 듯 말문을 열다가 주위 친구들을 보았다.

"나 잠깐 동생하고 얘기 좀 하고 갈 테니 먼저들 가."

"그래, 알았어."

진하의 친구들이 가자 나은이도 눈치껏 자리를 피했다. 단둘이 있는 걸 확인한 진하가 연하를 끌어당겼다. 통증이 일어 연하가 눈살을 찌푸렸다.

"좋게 좋게 대해주면 감사하게 여기진 못할망정 오빠를 무시하면 안 되지. 잘해. 알아들었어?"

속삭이는 말에도 덜컥 겁이 났다. 연하가 고개를 끄덕이고 나서야 진하는 만족스러운 미소를 지었다.

"그건 그렇고. 너 돈 얼마 있냐?"

연하가 말없이 진하를 빤히 쳐다봤다.

"엊그제 일 때문에 아빠가 용돈 끊어서 돈이 없어. 너 얼마 전에 받은 돈 있잖아."

"그거 참고서 살 돈이야."

"내 거 쓰면 되지. 쓸데없이 돈을 쓰려고 그래? 이따 수업 끝나고 가지고 와."

그 뻔뻔함에 연하는 다시 화가 났다.

"싫어."

"뭐?"

"싫다고. 그 돈은 내 돈이야. 내가 참고서를 사든 말든 내 맘대로 할 수 있는 내 돈이라고."

켜켜이 쌓인 분노는 때로 두려움을 이긴다. 아버지를 닮은 진하의 두 눈이 크게 떠졌다.

"야!… 다시 말해 봐. 너 뭐라고 했어? 미쳤어?"

진하가 소리를 지르다가 이내 이를 다문 채 작은 목소리로 윽박질렀다. 잡힌 팔에 고통이 일자 연하는 그 손아귀에서 팔을 잡아빼려 했다. 안 놔주려고 힘을 주던 진하가 짜증이 나는지 갑자기 연하의 팔을 내쳤다. 계단 중간에서 실랑이를 벌이던 연하의 몸이 뒤로 넘어갔다. 어? 하는 찰나에 멀뚱히 선 진하의 모습이 보였다. 연하가 손을 뻗었지만 진하는 그 손을 잡지 않았다.

우당탕탕탕. 계단을 굴러 바닥에 이르렀을 때 뒤통수가 벽에 부딪혀 심하게 아파왔다. 온 세상이 흔들리는 것처럼 보였다. 그 시선 끝에 자신을 두고 돌아서서 가버리는 진하가 보였다.

"연하야!"

멀리서 나은이의 목소리가 들렸다. 아아 역시 저런 건 사라져 버렸으면.

쥐

여자아이의 집은 언제나 소란스러웠다. 남자가 소리를 지르며 아이를 괴롭혔다. 그를 막는 여자에게도 욕했다. 아이는 결국 울며 용서를 구했다. 그 옆에서 이를 가만히 지켜보는 남자아이가 키득거렸다. 그것이 자주 반복됐다.

재개발로 사는 곳이 허물어져 어쩌다가 흘러들어온 집. 볕도 제대로 들지 않은 이곳엔 어둠이 빨리 드리웠다. 쥐에겐 숨어지내기 안성맞춤인 곳이다. 이 집터를 지키는 터주신도 이제는 노쇠해서 떠나기만을 바라며 짐을 쌌다. 그는 마당을 기웃거리는 쥐도 흥미 없어 했다. 그러나 쥐가 집안에 코를 들이미니 한마디 했다.

"집안에 들어가면 조왕 할멈한테 혼쭐날 테니 근처도 가지 마라."

쥐는 차츰 이 집이 마음에 들기 시작했다. 그동안 쥐는 자신을 미워하는 사람들만 만났다. 처음 보는데도 만나자마자 소리를 지르며 빗자루를 휘두르거나 곳곳에 이상한 냄새를 풍기는 약을 놓거나⋯. 지긋지긋했고 지쳤다. 그런데 이 집에 사는 아이는 자신을 보고도 싫어하지 않았다. 오히려 배고파하는 걸 알아보고는 갓 지은 밥을 선뜻 내주었다.

뜨거운 밥. 얼마나 맛있던지. 윤기가 흐르고 고소한 단맛이 입안에 퍼질 때 그 행복함이란⋯. 이후 며칠째 아이는 쥐에게 밥을 챙겨주었다. 아이는 제 오빠를 미워했다. 차라리 쥐인 내가 가족이길 바랐다. 창 너머로 보이는 아이의 얼굴은 진지해 보였다. 다른 사람들은 보는 것만으로 기겁하는 자신에게 가족이라니. 하긴 가족에게 괴롭힘을 당하는 것은 정말 힘든 일일 것이다. 매일 소리 지르고 때리고. 지난날 자신이 길에서 겪은 일들을 다름 아닌 가족에게서 당하다니, 오죽하면 쥐가 가족이길 바랄까. 쥐는 아이의 소원을 들어주고 싶었다. 그래서 쥐도 간절히 바랐다.

"나라면 널 그곳에서 구해줄 거야."

그 말에 어디선가 터주신의 콧방귀 뀌는 소리가 들렸다. 화가 났다. 터주신이면서도 아이를 지켜주지는 못할망정 하루라도 빨

리 이 집에서 나가고 싶어 하면서! 그러나 쫓겨날까 봐 찍소리
도 하지 못했다.

🐾 🐾 🐾

"엄마, 나 손발톱 깎아줘."

다음 날 저녁, 남자아이의 목소리가 들렸다. 할 일 없이 마당
을 기웃거리는 쥐의 눈에 거실 창 너머로 신문지를 바닥에 깔고
나이 든 여자가 남자아이의 손발톱을 정성스레 깎아주는 모습이
보였다. 쥐는 코를 들어 여자아이가 어딨는지 냄새를 맡았다. 또
혼자 울고 있는 건 아닌지. 그런데 갑자기 텔레비전을 보던 남자
아이가 버럭 소리를 질렀다.

"아얏, 아프잖아!"

"어머 너무 바짝 깎았나 보다. 엄마가 미안해."

"내가 조심하랬지. 이거 아픈 거 며칠 간단 말이야!"

"알았어. 진짜 조심할게."

여자가 안절부절못하는 표정으로 남자아이를 달랬다. 마저 잘
랐는지 남자아이는 신경질을 내며 방으로 들어갔다. 잠시 후 텔
레비전 떠드는 소리에 섞여 긴 한숨이 들렸다. 그러다 신문을 구
기는 소리가 나더니 여자가 거실 창을 열었다. 휘익! 있는 힘껏
던져진 신문지는 맞바람에 힘없이 뒤집어져 바닥을 굴렀다. 투
툭 투툭 떨어진 하얀 조각들이 보였다. 쌀알 같은 생김새에 쥐

는 저도 모르게 그곳으로 갔다. 냄새를 맡는데 터주신의 목소리가 들렸다.

"나도 저놈이 마음에 들지 않던 차이니 사람이 되고 싶다면 그걸 먹어라. 놈의 몸과 기억이 모두 네 것이 될 테니. 내 도와주마!"

뭔가 미심쩍었지만, 쥐는 바닥에 떨어진 걸 하나하나 까득까득 씹어먹었다.

"꺄악!"

엄마라는 여자가 거실 불빛에 드러난 쥐를 보고 놀랐다. 그 반응에 덩달아 놀란 쥐가 황급히 어둠 속으로 몸을 숨겼다.

"엄마 왜 그래?"

아이의 목소리가 들렸다.

"연하야. 저, 저기에 쥐가…"

"쥐?"

"네 아빠 팔뚝만 한 큰 쥐가…"

그 말에 아이가 잔뜩 겁을 집어은 듯 보였다. 며칠 아침을 챙겨주었으니 자신임을 모를 리 없고, 내가 무서운 게 아니라 아빠의 큰 팔뚝이 두려움을 일으키는 것이리라. 쥐는 아이의 두려움을 없애주고 싶었다.

여자는 창을 닫고 커튼까지 쳤다. 사위는 다시금 어두워졌다.

🐖🐖🐖

배 속이 홧홧했다. 털이 뻣뻣하게 섰으며 온몸에 경련이 일었다. 꼬리가 절로 꼬였다가 풀어졌다가 제멋대로 움직였다. 밤이었다가 새벽이었다가 해가 중천에 떴다. 까드득. 측백나무 그림자 밑에 몸을 숨기고 날카로운 손발로 바닥을 긁었다. 고통스러웠다. 온몸이 타는 듯 찢기는 듯. 손발톱이 부러졌다. 눈을 감았다 뜨자 검은 먹구름이 몰려들었다. 빨랫줄에 걸린 옷가지가 바람에 펄럭였다.

쥐는 눈을 떴다. 바닥을 짚는 감각이 이상했다. 밑을 내려다보니 털이 하나도 없었다. 그리고 손이 기괴했다. 길게 뻗은 팔에 손가락 다섯 개. 양쪽이 같았고 발도 변했다. 마치 인간의 모습 같은. 어설프게 서서 휘청이며 거실 창 앞에 섰다. 정말 인간이었다. 그것도 그렇게 바라던 남자아이와 똑 닮았다. 꿈인가? 남자아이를 떠올리자 머릿속에서 많은 기억이 떠올랐다가 사라졌다. 남자아이의 생각이 다 자신의 것처럼 느껴졌다. 성진하. 남자아이의 이름이었다. 그리고.

"성. 연. 하."

이건 아이의 이름. 처음으로 불러보는.

오들오들 추위에 몸이 떨렸다. 쥐는 자신이 알몸인 걸 깨달았다. 왜인지는 모르겠으나 부끄러움이 밀려들었다. 현관문으로 가 천천히 문을 열었다. 집 안은 아무도 없는지 고요했다. 쿵쿵. 본능적으로 코를 들어 냄새를 맡았다. 아이의 냄새가 났지만, 그보다 진한 자신의 고약한 냄새가 참을 수 없었다. 사람은 씻는다. 쥐는 진하의 기억에 의존해 화장실로 가서 씻기 시작했다.

쥐는 수건으로 몸을 닦으며 진하의 방으로 가 옷장을 열었다. 매일 아침 진하가 입는 옷, 교복이란 걸 꺼내 입었다. 넥타이를 매다가 창 너머로 잔뜩 찌푸린 하늘을 보았다. 아이, 그러니까 연하가 괜찮은지 보고 싶었다. 신발을 신고 나가다가 마침 들어오는 여자와 마주쳤다.

"깜짝이야!"

여자는 갑작스레 마주한 쥐의 모습에 놀라 소리쳤다. 쥐는 순간 본래의 모습으로 돌아왔나 싶어 두 손으로 얼굴을 가렸다. 여자가 긴 숨을 내쉬었다.

"아들, 학교에 안 있고 이 시간에 무슨 일이야?"

"아들?"

"응?"

"아들, 지금, 학교."

얼굴은 여전히 진하의 모습인가 본데 왜인지 명치끝이 찌르르하고 엉덩이가 들썩이는 이 느낌, 진하의 기억에 의하자면, 죄책감이란 게 들어서 말이 채 나오지 않았다.

"뭐 두고 왔어? 엄마한테 전화하지. 그래서 찾아가는 거야?"

"으응…"

엄마의 시선이 빈손인 쥐의 손에 닿았다. 등 뒤가 축축해졌다. 식은땀이란 게 흘렀다.

"우, 우산! 비 온대."

자연스럽게 신발장 옆에서 우산을 하나 꺼냈다. 그리고 황급히 하나 더 꺼냈다.

"연하 거. 다녀오겠습니다."

"어? 어, 그래. 잘 다녀와."

원래 진하라면 하지 않았을 말이지만, 쥐의 머릿속엔 온통 연하 생각뿐이었다. 연하처럼 인사하고 집을 뛰어나왔다. 네발로 뛰던 기억은 사라지고 튼튼한 두 다리로 힘차게 땅을 박찼다. 기억을 따라 학교로 향했다. 연하가 있는 곳으로.

집에 면한 골목길을 달려 나가 사거리에서 왼쪽으로 꺾어 언덕길을 내려갔다. 재개발 사업을 반대한다는 플래카드가 하늘에서 펄럭였다. 건널목을 건너 익숙하게 오른쪽으로 갔다. 매캐한 자동차 배기가스가 코를 자극했으나 괴롭지는 않았다. 자신을 본 사람들은 기분 나빠하거나 비명을 내지르지 않고 그저 무심히 길을 비켜줬다. 쥐가 사람이 되었다니 저들은 꿈에도 모를 것이다. 그 생각에 실실 웃음이 새어 나왔다. 쥐가 간절히 바라던 소원이 이뤄졌다. 연하가 원하던 소원이었으니, 이 사실을 알면 얼마나 깜짝 놀라고 기뻐할까.

다시 오르막길을 오르는데 오토바이 한 대가 앞으로 쏜살같이 달려갔다. 그 뒷모습에 기억 한 자락이 떠올랐다. 진하가 저 오토바이의 뒷자리에 타는 모습. 엄청난 속도와 귓가를 때리는 바람과 소음, 그리고 저 아이를 따라간 곳에서 다른 아이들과 어울려 술과 담배를 하며 웃어댄 기억의 조각들.

'집이 너무 싫어. 공부하기도 싫어. 아빠의 기대대로 언제까지 살아야 해? 오토바이 멋있다. 나도 너희처럼 어른 간섭 없이 자유롭게 살고 싶어.'

멀리 학교 담벼락에 오토바이가 서 있다. 진하를 기다리는 모양이었다. 쥐는 들킬까 봐 우산을 펼쳐 들었다. 그곳으로 천천히 가는데 담 너머로 책가방이 튀어나왔다. 이어 진하가 담을 넘었다. 기억대로 익숙한 모습이었다. 진하는 가방을 들고 오토바이 쪽으로 갔다.

"오늘 늦는다고 하지 않았어?"

"동생이 다쳐서 그 핑계 대고 갈 수 있을 듯. 내일 토요일이겠다, 바다 고고고!"

"동생이 다쳤는데 꼰대가 가만히 있겠냐?"

"뼈가 단단해서 계단에서 구르고도 멀쩡해. 그거 가지고 우리 꼰대가 날 찾지는 않을 거야. 그리고 나 일요일까지 가출할 거다. 말리지 마."

그렇게 말하며 진하는 오토바이 뒷자리에 탔다.

"이 자식, 간이 배 밖으로 나왔네. 바다에 갈 돈은?"

친구의 말에 진하는 히죽 웃으며 주머니에서 지갑을 꺼냈다.

"동생이 쏜다! 가자."

"좋아!"

오토바이가 천천히 유턴했다. 낄낄 웃는 진하와 쥐의 시선이 잠시 마주쳤다. 쥐는 우산으로 얼굴을 가렸다.

"에이씨, 오늘 비와?"

얼굴에서 웃음이 사라진 진하의 모습이 빠르게 쥐를 지나쳤다.

연하

연하는 몸을 잔뜩 웅크렸다. 온몸이 욱신거리고 한기가 들어 추웠다. 계단에서 굴러떨어지고 벽에 부딪힌 뒤통수 탓인지 현기증이 일었다. 나은이가 달려왔을 때 진하는 사라지고 없었다.

"너 괜찮아?"

"으응, 나 혼자 넘어진 거야."

정신을 차릴 수 없는데도 그 말이 먼저 나왔다. 진하에게 반항해서 이렇게 되었으니 어떻게 한담. 다시 두려움이 몸을 잠식해 왔다. 나은이는 연하의 팔을 잡고 정신 차리길 기다렸다.

"어디 크게 다친 거 같아? 선생님 부를까?"

"아니. 잠시만."

연하는 팔과 다리를 움직여 봤다. 괜찮은 거 같아서 부축받으며 자리에서 일어나려는데 발목이 시큰했다. 하지만 굴러떨어진 것 치고는 크게 다친 것 같진 않았다.

"부러진 건 아닌 것 같아."

"그걸 네가 어떻게 알아? 일단 양호실 가서 보자."

나무라는 나은이의 말에 연하는 멋쩍어서 웃었다.

"지금 웃음이 나와? 머리 괜찮은 거야?"

나은이가 연하의 뒤통수를 만졌다. 아! 비명이 절로 나왔다.

"야, 너 혹 났어. 빨리 양호실 가자."

양호 선생님은 간단한 처치를 한 후 통증이 더 심해지면 병원에 꼭 가라고 재차 강조했다. 일단 쉬라는 양호 선생님의 말씀대로 연하는 양호실 침대에 가만히 누웠다. 그러고는 진하에게 대들었던 순간을 떠올렸다. 속은 시원했지만 그 일로 얼마나 괴롭힐지 걱정됐다. 아빠한테 이 모든 걸 일러서 혼날지도 몰랐다. 그 생각에 통증마저 잊었다. 그러다 깜빡 잠이 들었다.

🐘 🐘 🐘

펄럭이는 커튼 소리에 잠에서 깼다. 몸이 물먹은 솜처럼 무거워서 눈꺼풀만 간신히 떴다. 어둑한 양호실, 인기척은 없었다. 양호 선생님이 자리를 비운 모양이다. 벽에 걸린 시계를 보니 오후 다섯 시를 넘긴 시각. 하교 시간이 지나 있었다. 평소보다 밖은 어두웠다. 바람도 심상치 않았다. 벚꽃 나뭇가지가 크게 흔들리고 이파리들이 요란하게 떨렸다.

휘이. 바람에 다시금 커튼이 움직였다. 연하의 시선이 그곳으로 옮겨갔다. 커튼 사이 창 너머로 빨간 우산을 쓴 남학생이 보였다. 얼굴은 우산에 가려져 보이지 않았다. 그러나 분명 남학생은 연하를 향해 있었다. 저렇게 바람이 부는데도 옷깃만 흔들릴 뿐 몸은 미동도 없었다.

"…누구야?"

대답은 돌아오지 않았다. 갑자기 무서워졌다. 왜 아무런 움직임 없이, 말도 없이, 어둠 속에서 누워 있는 자신을 바라볼까. 연하는 손가락을 움직였다. 팔에 근육통이 느껴졌으나 못 움직일 정도는 아니었다. 가위는 아니었다.

연하는 힘겹게 일어나 침대에서 내려왔다. 근육들이 저마다 비명을 내질렀다. 제일 고통스러운 건 발을 내디딜 때마다 느껴지는 발목의 고통이었다. 이를 꽉 물고 절뚝이며 양호실 불을 켰다. 갑자기 실내가 밝아지자 눈이 부셔 연하는 잠시 눈을 감았다 떴다.

남학생은 여전히 비바람 부는 밖에서 서 있었다. 이대로 도망칠까? 그보다는 저 남학생이 귀신인지 사람인지가 궁금했다. 대체 자신이 얼마나 만만하면 귀신이든 사람이든 이런 불쾌한 장난을 치는 거지? 울컥 화가 나서 절뚝이며 창문 앞까지 걸어갔다. 그리고 커튼을 젖혔다. 움찔. 그제야 남학생이 움직였다. 빨간 우산이 잔뜩 앞으로 기울었다. 그마저도 용납하지 않겠다는 듯 연하는 열린 창 너머로 손을 뻗어 우산 끝을 잡아 올렸다.

그곳엔 생각지도 못한 사람이 서 있었다.

"연하야…"

차라리 귀신이 나을 뻔했다. 성진하, 저 인간보다는. 연하가 뒷걸음질 치며 그를 노려봤다. 진하는 불쌍한 표정을 지었다. 사람을 이렇게 만들어 놓고 자기가 왜 상처받은 모습을 하는지 어이가 없었다. 울컥 화가 났다.

"뭐 하러 왔어?"

"많이 다쳤어?"

"왜? 안 죽어서 안타까워? 그래서 그런 표정인 거야? 아아, 누가 오빠가 나 계단에서 민 걸 본 거야? 그래서 아니라고 내가 해명해야 해?"

그 말에 진하가 화들짝 놀라며 우산을 놓고 창문으로 바짝 다가섰다.

"오빠가 계단에서 밀었다고?"

진하가 갑자기 달려들자 놀란 연하가 뒤로 물러나다가 발목 통증에 그대로 주저앉았다.

"연하야 괜찮아?"

연하가 아파하는 모습에 진하는 창을 훌쩍 뛰어넘어 양호실 안으로 들어왔다. 그리고 연하 앞에 무릎 꿇고 앉아 붕대 맨 발목에 조심히 손을 갖다 댔다. 그러다가 잠시 무언가를 생각하는 듯하더니 눈을 들어 연하를 쳐다봤다.

"많이 아픈 거야?"

어울리지도 않는 진하의 모습에 기가 차 입술만 벙긋거리던 연하가 그를 밀쳤다. 진하는 순순히 뒤로 물러났다.

"너 때문이잖아! 네가 내 참고서 살 돈을 달라고, 뻔뻔하게, 자기 것 마냥…"

너무 분하고 아프고 억울해서 눈물이 났다. 하지만 진하 앞에서 우는 건 왠지 지는 것 같아 연하는 급히 손등으로 눈물을 훔쳤다. 잠시 아무 말 없던 진하는 주먹을 꾹 쥐었다가 폈다. 연하의 앞에 앉은 그가 다시 조심스레 말했다.

"연하야, 미안해."

연하는 고개를 들어 진하를 빤히 봤다. 방금 무슨 말을 들은 거지? 눈을 깜박이자 진하가 눈을 맞추며 천천히 다시 말했다. 화를 내거나, 비아냥거리거나, 윽박지르는 것이 아닌.

"내가 진짜 연하 너한테 미안해."

진심 어린 사과를.

연하는 재차 눈을 깜박이며 이게 무슨 일인가 싶었다. 입을 열었다.

"너, 누구야?"

한 번도 진하에게서 듣지 못했던 말이 연거푸 나오자 어안이 벙벙했다. 내가 아는 그 인간이 맞나 싶었다. 몇 시간 전만 해도 돈을 갈취하려 협박하지 않았나? 연하는 혼란스러워 손을 들어 뒤통수에 갖다 댔다. 머리를 다친 건 자신인데 생소하게 구는 건 진하였다. 아니면 머리를 다쳐서 헛것을 보나?

잠시 침묵이 흘렀다. 헤. 진하가 바보 같은 웃음을 지었다.

"역시 너는 못 속이겠다. 그치? 이상해 보이지? 나도 그래. 나도 이 몸이 어색해 죽겠는데 가족인 네가 모를 수는 없겠지. 응, 맞아. 나 쥐야. 네 소원대로 아니지 내 소원이 이뤄졌어. 터주신이 사람이 되고 싶으면 그걸 먹으라고 해서 먹었더니… 아얏!"

참지 못한 연하가 진하의 머리를 때렸다. 아파서 머리를 붙든 채 진하는 멀뚱히 연하를 쳐다봤다. 뒤늦게 연하도 덩달아 놀랐다. 태어나서 한 번도 진하를 때려본 적이 없었다. 진하와 다툼이라도 벌이면 남자는 하늘이라며 아버지한테 맞아가며 혼났다. 그런데 지금은 참지 못하고 손이 나갔다.

"왜, 왜? 내가 뭐 잘못했어?"

"그, 그걸 말이라고 해? 장난도 정도껏 쳐!"

"장난 아닌데…"

연하는 당황으로 허둥대며 자리에서 일어나려고 했다. 하지만 잊고 있던 발목의 통증에 제대로 일어날 수가 없었다. 그걸 알아챈 진하가 연하의 팔을 잡아줬다. 절뚝이며 침대로 간 연하는 바닥에서 가방을 들었다. 자고 있을 때 나은이가 두고 간 듯했다. 가방 안을 확인하던 연하는 지갑이 없어진 걸 발견했다. 급히 핸드폰으로 나은에게 전화했다.

"어, 나은아. 자고 일어났더니 괜찮아. 걱정해 줘서 고마워. 근데 가방 네가 갖다준 거야? 어어, 오빠가?"

연하가 뒤에 선 진하를 노려봤다. 순간 진하가 손뼉을 쳤다.

"아… 그게 연하 거였구나. 동생이, 쏜다."

뜻 모를 말을 하는 진하를 계속 쳐다보며 연하는 나은이에게 고맙다며 전화를 끊었다. 이제는 화가 난다기보다 체념에 이르렀다. 몸도 아프고 지쳤다. 연하는 손을 내밀었다. 그 손을 빤히 보던 진하가 자기 손을 그 위에 올렸다.

"장난하지 말랬지. 내놓으라고, 내 지갑!"

"아 그거… 미안. 내가 꼭 갚을게!"

"언제!"

안절부절못하다가 진하가 다시 손뼉을 쳤다.

"집에 가서 줄게. 오토바이 사려고 숨겨둔 비상금이 있거든. 그거 너 다 줄게."

연하는 그 말을 믿을 수 없었다. 그렇게 얘기하고 집에 가면 아버지한테 다 일러바칠 계략이 아닌가 싶었다. 어쨌거나 지금 진하가 빈손이라는 것 확실해 보이니 하는 수 없이 집에 가야 했다. 연하는 가방을 메고 양호실을 나섰다.

밖엔 꽤 많은 비가 내리고 있었다. 우산이 없는 연하는 그대로 비를 맞으며 뛰려고 했다. 그때 진하가 빨간 우산을 찾아와 연하에게 씌워주었다. 연하가 진하를 올려다봤다. 빗속에서 잃어버린 우산을 찾느라 홀딱 젖은 채였다. 자꾸 바보처럼 웃는 것이 기분 나빴다.

"비 다 맞겠다. 이거 너 써. 난 여기 또 있어."

그러고는 다른 우산을 펼쳤다. 연하는 절뚝절뚝 앞서 걸으며 뒤따라오는 발소리를 들었다. 저 고분고분한 모습이 영 익숙하지 않았다. 대체 어떤 걸로 괴롭히려고 저러는 거지?

혹시 계단에서 날 민 게 미안해서 저럴까? 겁먹고 도망쳤지만 크게 다친 것처럼 보였으니 죽을지도 모른다는 죄책감에 미안한 감정이 생겼을지도. 그 정도면 아버지가 진하를 혼낼지도 몰랐다. 용돈 삭감보다는 조금 더 가혹한 외출 금지? 요즘 이상한 친구들을 만나니 아버지가 가만두지 않을 건 확실했다. 말 좀 잘해달라고 저러는 거겠지. 그런데 왜 지갑을 당장 줄 수 없다는 걸까.

"오빠 혹시 그 친구한테 삥 뜯겼어?"

연하는 생각 끝에 묻고야 말았다. 저도 모르게 너무도 큰소리로.

"어? …아니야. 발목 아프지? 부축해 줄까?"

"됐어."

말을 돌리는 걸 보니 그게 사실이거나 비슷한 거거나. 집에서나 학교에서나 잘난 척 위선을 떨어도 그 친구들 사이에선.

‘호구지.’

연하는 입술을 삐죽였다.

🐭 🐭 🐭

연하는 녹슨 대문을 열고 들어갔다. 진하에게 약한 모습을 보이고 싶지 않아 발목이 아파도 이를 악물고 왔다. 체육복 등 뒤가 땀에 젖었는지 비에 젖었는지 모를 일이다. 연하가 우산을 접고 현관문을 열었을 때, 진하는 마당 한 켠 측백나무 밑에서 뭔가를 찾았다. 오늘따라 진짜 이상했다. 왜 저러나 몰라.

"다녀왔습니다."

"연하 왔니? 오빠 만났어? 아까 너 우산 준다고 집에 왔다 갔는데."

엄마의 말에 연하는 입술을 또 삐죽였다. 외출 금지당할까 어지간히 불안했나 보군. 생전 하지도 않는 짓을 하고.

"마당에 있어."

"진하도 왔어? 근데 너 다리 왜 그래?"

"넘어졌어."

"어쩌다가? 많이 아파? 병원은?"

연하는 가방을 아무렇게나 벗어 던지며 가죽 소파에 앉았다. 집까지 다친 다리로 걸어온 게 너무 힘들어서 거의 눕다시피 했다. 온몸에 근육통이 심했다. 게다가 옷이 젖어 추웠다.

"어디서 여자애가 집에 오자마자 어른한테 인사도 하지 않고 자빠져 있어?"

안방 문이 열리더니 아버지가 나왔다. 놀란 연하가 소파에서 벌떡 일어나다가 휘청거렸다. 엄마가 그사이를 막아섰다.

"애가 아파서 그래요. 당신이 평소보다 일찍 들어와서 집에 있는 줄 몰랐을 테고. 내가 금방 얘기하려고 했어요."

"당신이 대변인이야? 쟤는 입 없어?"

아버지가 소리치자 연하가 황급히 말했다.

"넘어졌어요. 그래서 발목을 다쳤는데…"

"제가 밀었어요."

연하의 말을 자르고 진하가 말했다. 모두가 현관 앞에 선 진하를 봤다. 진하는 비에 젖은 몸을 마치 짐승처럼 온몸을 부르르 떨며 털었다. 그리고 집 안으로 들어왔다. 연하는 진하가 손에 쥔 무언가를 주머니에 넣는 걸 봤다. 하지만 그게 중요한 게 아니었다. 지금까지 진하가 자신에게 쩔쩔맨 게 저 사실이 알려질까 봐 그런 거 아니었나?

"뭐라고?"

아버지가 연하의 질문을 대신했다.

"제가 오늘 계단에서 연하한테 삥 뜯다가 주지 않겠다는 거에 화나서 밀었더니 다쳤어요. 지금 연하 아파요. 아버지."

하는 말도 가관인데 갑자기 존댓말을 하지 않나, 아버지라고 하지 않나. 아버지는 잠깐 어느 지점에서 당황하고 있는지 하던 질문을 반복했다.

"뭐?"

"다 제 잘못으로 연하가 다친 거니까 절 혼내세요. 아버지."

"네가 다친 게 아니고?"

"그랬으면 좋겠어요. 속상해요. 많이 아플 텐데. 이렇게 보니 저보다 몸도 훨씬 작은데 얼마나 아프겠어요? 전 딱 봐도 튼튼하니 뼈도 튼튼할 거예요. 아버지한테 맞아도 끄떡없을 것 같은데."

"뭐?"

"무슨 뜻인지 아시잖아요."

진하는 아버지를 쳐다봤다. 연하는 눈 하나 깜짝하지 않는 그 모습을 보다가 무언가를 떠올리고는 소스라치게 놀랐다. 며칠 전부터 처음 뜬 아버지 밥을 아침마다 주방 창 너머로 쏟기 시작했다. 그때마다 김이 모락 피어오르는 밥 앞에서 자신을 빤히 올려다보는 쥐의 까만 눈.

'그래 연하야. 나 쥐야. 네 소원대로 아니지 내 소원이 이뤄졌어.'

거짓말. 그게 진짜라고?

쥐

"그러니 절 혼내세요. 애먼 엄마나 연하 괴롭히지 말고. 부끄럽지 않으세요?"

속이 후련했다. 쥐로 있을 때 하고 싶은 말을 진짜로 하게 될 줄이야!

'거봐요. 내가 구해준다고 했잖아요.'

어디선가 터주신의 호탕한 웃음소리가 들렸다.

그 소리에 힘입어 쥐는 어깨를 폈다.

"이놈의 새끼가 뚫린 입이라고 되는대로 막 지껄여? 내가 아주 오냐오냐했지?"

"여보!"

아버지가 달려들어 진하의 멱살을 잡자 어머니가 그 팔을 붙들었다. 쥐는 붉으락푸르락한 얼굴로 자신을 흔들어 대는 아버지를 가만히 봤다. 힘으로는 쉽게 이길 것 같았으나 폭력에 폭력은 좋지 않은 방법. 짐승도 부모를 공경할 줄 알고 자식도 위할 줄 안다. 그렇다고 가만히 날뛰게 두고 싶지는 않았다. 쥐는 빙긋 웃었다.

"가정폭력은 신고 대상이더라고요."

자신을 때리려던 손이 멈칫거렸다.

"이제는 참지 않으려고요."

지금껏 아버지에게 반항하지 않은 이유는 여러 가지가 있었을 것이다. 어머니처럼 폭력에 익숙해졌거나 연하처럼 미성년자라서 아무런 힘이 없거나. 진짜 진하는 아버지에게 군이 반항하지 않았다. 비위만 잘 맞추면 해가 될 일이 없으니까. 그러나 쥐인 나는 진짜가 아니다. 연하를 지켜주고 싶어서 사람이 된 쥐였다.

아버지가 참지 못하고 팔을 휘둘렀다. 쥐는 왼쪽 광대에 둔탁한 충격을 받았다. 어머니가 비명을 지르며 쥐를 끌어안았다.

"이제까지 먹고 입혀주고 재워줬더니 은혜를 원수로 갚아? 그것도 감히 네가? 그래! 신고할 테면 신고해 봐! 아비가 자식 좀 때렸기로서니 그게 그렇게 죄야?"

"큰 죄예요!"

그때 연하가 소리쳤다. 이번엔 모두의 시선이 연하에게로 쏠렸다.

"그 어떤 폭력도 큰 죄예요. 아버지는 언제나 엄마와 제게 스스럼없이 주먹을 휘둘렀어요. 조금이라뇨?"

연하가 파르르 떨리는 손으로 체육복의 겉옷을 벗었다. 그러자 하얀 반 팔 밑으로 멍 자국이 가득한 팔이 드러났다.

"이렇게 될 지경으로 매일이다시피 저를 때리고 괴롭히셨죠. 신고하면 어떻게 될 것 같아요? 그래도 경찰이 그냥 넘길까요?"

연하의 말에 아버지가 아무 말도 하지 못했다. 멍투성이 몸을 보고 말문이 막힌 것처럼 보였다. 어머니가 이번엔 연하를 끌어안았다. 가녀린 몸이 함께 떨렸다.

"참는 게 다가 아니었어. 내 자식들 이렇게 고통 속에서 살게 한 건 다 내 죄야. 엄마가 너무 미안해."

울던 어머니가 아버지를 쏘아봤다.

"우리 이혼해요! 난 더 이상 내 새끼들 괴로운 거 못 보겠으니까! 이혼해요!"

어머니의 소리침에 아버지가 우물쭈물하다가 방으로 도망치듯 들어갔다. 집안엔 한참 동안 모녀가 우는 소리만이 들렸다.

🐑 🐑 🐑

자정이 넘어 조용해진 집안.

쥐는 옷장 깊숙이에서 철제 상자를 꺼냈다. 그 안엔 각종 지폐와 동전이 잔뜩 있었다. 똑똑. 돈을 헤아리는데 문 두드리는 소리가 들렸다. 대답도 하지 않았는데 연하가 문을 열고 들어왔다.

"연하야!"

"쉿!"

반가워서 이름을 부르자 연하가 손가락을 입술에 갖다 댔다. 조용히 문을 닫은 연하가 쥐의 앞으로 다가왔다. 쥐가 들고 있던 상자를 내밀었다.

"저기 이거 빌린 돈. 참고서비. 오빠가, 쏜다!"

그걸 본 연하가 쥐를 빤히 쳐다봤다. 눈코입 하나하나 세밀하게 뜯어보더니 물었다.

"너 정말 오빠가 아니야?"

"어? 응."

쥐가 쑥스러워서 웃었다.

"그럼, 진짜는?"

"친구랑 오토바이 타고 바다 보러 갔어. 다행이지?"

안 그랬으면 일이 번거로울 뻔했다. 정말 천운이 있구나 싶었다.

"왜 그랬어?"

"응?"

"사람이 됐으면 네가 하고 싶은 일을 하지 왜 아버지한테 계단에서 날 민 것도, 신고하겠다는 것도, 다 네가 말했냐고. 왜?"

쥐는 연하의 질문에 당황하다가 주먹 쥔 손이 파르르 떨리는 모습을 보고 다시 미소를 지었다.

"그게 내가 할 일이었으니까. 네가 날 보면서도 징그러워하지 않았고 밥을 챙겨줬잖아. 내가 원하는 걸 해줬으니 나도 네 소원을 들어주고 싶었어."

"네가 뭔데 내 소원을 안다고 해?"

연하의 목소리에 짜증이 묻어났다.

"변화와 용기. 네 눈을 보면 알 수 있어. 참고 받아들이기만 하는 자신이 아닌 부당한 상황에 대항할 수 있는 용기를 바랐지? 그러니까 이건 내 소원이기도 해. 내가 간절히 하고 싶었던 일. 네가 용기 낼 수 있게 도와주는 사람이 되는 거."

연하의 눈에서 눈물이 툭 하고 떨어졌다. 우는 모습에 쥐가 당황하자 연하는 손등으로 눈물을 쓱 하고 닦아냈다. 그리고 쥐가 내민 돈통을 가져갔다.

"어쨌든, 고마워. 은혜 갚은 쥐씨."

새침하게 말하며 슬쩍 미소를 지었다. 그 웃음에 쥐의 마음이 몽글몽글해졌다. 이 느낌은 진하의 기억을 찾지 않아도 알 수 있었다.

기쁨.

쿵쾅쿵쾅. 그때 심장이 거세게 뛰었다. 쥐는 가슴을 붙들었다. 몸이 내려앉는 것 같아서 눈을 질끈 감았다. 이건 마치 쥐에서 사람으로 변했을 때 겪었던 고통의 시작과도 같았다. 아, 터주신의 힘이 영원하지는 않구나. 오래되어 가지고 있던 모든 힘이 사라지는 터주신의 모습이 생각났다. 통증이 사라졌다. 마치 깜빡이는 불빛같이. 곧 자신도 쥐로 되돌아가겠지.

"왜 그래? 어디 아파?"

연하가 묻자 쥐는 억지로 웃으며 고개를 저었다. 이대로 갈 순 없었다. 쥐는 밖에 모아둔 부러진 자기 손발톱을 떠올렸다.

'제발 딱 하나만 더요. 힘을 내주세요.'

쥐는 마음속으로 터주신께 빌며 마지막 할 일을 하기로 했다.

"연하야, 빵 만들 줄 알아?"

"내가 그걸 어떻게 해?"

쥐의 기억에 진하는 빵을 좋아했다. 진하를 유인할 미끼는 빵이 좋겠다고 생각했는데.

'그냥 빵을 사서 넣을까…'

쥐가 속으로 중얼거리자 연하가 대뜸 말했다.

"엄마가 만들 수 있어."

그리고 이어 자신 없는 목소리로 엄마는 못 하는 게 없으니까, 라고 말했다.

"그럼 내일 아침에 부탁드리자."

"응 내일 아침에."

그렇게 얘기한 연하는 엄마가 잠든 자신의 방으로 돌아갔다. 방문이 닫히는 모습을 보고 쥐는 거실에 있는 전화기를 들었다. 기억 속 익숙한 전화번호를 눌렀다. 신호음이 갔지만 상대는 전화를 받지 않았다. 계속 전화했다. 끈질기게 기다리자 이내 상대방이 전화를 받았다.

"대체 누가 이렇게 전화해?"

아는 목소리가 들렸다. 오토바이를 타는 남자아이.

"내일 12시까지 집으로 성진하 데려오지 않으면 그 아버지가 너랑 네 친구들 경찰에 신고한대."

"뭐? 여보세요?"

쥐는 그 말을 끝으로 전화를 끊었다. 그리고 전화 코드를 뺐다. 탁자 위에 어머니의 핸드폰이 보였다. 쥐는 어머니 핸드폰을 들어 무음으로 해두었다. 잠시 뒤 거실에 있는 연하의 가방에서 진동이 들렸다. 핸드폰을 꺼내니 진하 전화였다. 쥐는 전화를 끊고 핸드폰을 꺼두었다. 진하가 아버지에게 전화할 확률은 얼마나 될까? 그 겁쟁이는 최대한 미룰 것이다. 아니면 화가 잔뜩 난 아버지가 전화를 받지 않거나.

쥐는 부디 이 방법이 통하기를 바랐다.

'안되면 쥐로 변해서 진하의 발가락을 물어뜯지 뭐.'

그 생각만으로도 기분이 좋아져 쥐는 콧노래를 흥얼거렸다. 모두에게 소리 없이 안녕을 고하고 쥐는 방으로 들어갔다.

연하

정말 아주 오랜만에 연하는 늦잠을 잤다. 주말에도 매일 같이 새벽에 일어나 아침밥을 차렸는데. 연하는 벽걸이에 걸린 시계를 보고 잠에서 확 깼다. 이미 일어난 엄마가 옆에서 연하의 머리카락을 부드럽게 쓸어주고 있었다. 연하는 엄마를 졸랐다.

"엄마 빵 만들자!"

"뭐? 빵? 빵은 갑자기 왜?"

"오빠가 엄마가 만들어 준 거 먹고 싶대. 엄마 만들 수 있지?"

"그럴 수는 있는데."

엄마는 갑자기 연하가 진하를 위해 빵을 만들어 달라는 말에 당황한 모습이었다. 그렇게 미워하더니.

"어제 일로 고마워서 그래."

연하가 얼굴을 붉히며 말했다. 그 모습이 기특하고 귀여웠는지 엄마는 연하의 얼굴을 쓰다듬고 끌어안았다.

"엄마도 기억이 잘 안 나니까 레시피를 보자. 핸드폰이 어딨더라?"

엄마는 거실로 나가 탁자에 놓인 핸드폰을 찾았다. 연하는 기다리지 못하고 노트북을 꺼내 인터넷에서 빵 만드는 레시피를 찾아 신중하게 골랐다. 그리고 노트북을 들고 거실로 나갔다.

"엄마, 머핀이 좋을 거 같아…"

거실에서 엄마는 핸드폰으로 누구와 전화하다가 황급히 놀라며 전화를 끊었다.

"왜 그래?"

"아니, 방금 네 오빠가 전화해서 아빠가 신고하는 게 맞느냐고 화를 내는데…."

도무지 이 상황이 무슨 일인지 모르겠다는 표정이었다. 그때 방문이 열리고 머리카락이 사방으로 뻗친 모습으로 진하가, 아니, 쥐가 나왔다. 잠에 취해 손으로 머리를 털어내는 모습이 아직은 쥐를 닮았다.

"어머니 무슨 일 있어요?"

"아니…"

엄마가 할 말을 다 하지 못하고 핸드폰을 슬그머니 바지춤에

넣었다. 쥐는 그걸 보지 못했는지 하품을 하고 화장실로 갔다.

'정말 사람 다 됐네.'

연하는 속으로 생각하며 엄마의 팔을 잡고 부엌으로 끌었다.

"요즘 새로 나온 보이스 피싱인가 보다. 왜 납치됐다면서 돈 요구하고 그런 거 있잖아."

"그런가? 그런데 쟤 지금 나한테 어머니라고 한 거 맞지?"

"심경에 무슨 변화가 있나 봐."

어차피 진짜가 오면 평소대로 돌아갈 것이었다. 예의 바르게 존댓말을 꼬박꼬박하는 것도, 어머니 아버지라고 부르는 것도. 다시 삭막한 집안으로 되돌아가면 어떻게 될까?

'변화와 용기!'

연하는 쥐의 말을 떠올렸다. 노트북을 보고 손을 씻는 엄마도 내 자식 내가 지킨다며 이혼을 말했다. 마음 한쪽에서 알 수 없는 자신감이 샘솟았다. 더는 예전 그대로 되지 않을 거란 확신이 생겼다. 연하는 싱크대 앞에 선 엄마를 뒤에서 안았다.

"엄마, 고마워."

"고맙긴."

엄마가 연하의 손을 다독였다. 화장실 문이 열리고 말끔히 씻은 쥐가 나왔다.

"무슨 좋은 일 있나 봐요?"

사이 좋은 모녀의 모습에 쥐가 헤헤 웃으며 다가왔다.

"그럼. 우리 아들 좋아하는 빵 만들어 주는 건 좋은 일이지."

"와아! 감사해요."

해맑게 웃는 쥐의 모습을 보던 연하는 불쑥 드는 불안감에 웃음을 지웠다.

'진짜가 오면 너는 어떻게 되는 거야?'

🐑 🐑 🐑

빵을 만드는 건 즐거웠다. 쥐도 나서서 반죽을 젓거나 설거지하는 걸 도왔다. 반죽을 소분할 때 자신은 큰 걸 먹겠다고 다른 것보다 크게 담았다. 욕심도 많다고 연하가 한마디 하자 쥐는 그저 웃었다.

"연하야 거기 숟가락 좀."

쥐의 부탁에 연하는 뒤에 있는 수저통에서 숟가락을 꺼냈다.

"근데 숟가락은 왜?"

다시 돌아서서 보는데 쥐가 그 속에 뭔가를 넣었다. 거무스름한 작은 알갱이였다. 초콜릿이 부족했나? 쥐가 그 위에 다시 반죽을 넣자 이내 그것들은 사라졌다.

오븐에서 나온 머핀은 먹음직스러웠다. 다른 것보다 큰 쥐 전용 머핀도 성공이었다. 쥐는 연신 맛있겠다며 입맛을 다셨다. 아침도 먹지 않고 만든 터라 배가 고플 만했다. 모두 식탁 앞에 앉았다. 굳게 닫힌 안방 문을 무시하며 각자 따끈한 머핀을 접시에 담았다. 우유를 마시던 쥐가 시계를 보더니 급히 자리에서 일어났다.

"잠깐 급하게 연락할 데가 있어서. 먼저 드시고 계세요."

"왜? 먹고 가지."

연하가 쥐의 옷깃을 잡았다.

"금방 올게. 먹어, 먹어."

쥐가 웃었다. 그리고 재빨리 방으로 가 문을 닫았다. 안에서 뭘 하는지 쿵쿵 소리가 들렸다. 급히 창문 열리는 소리도 났다.

"대체 뭘 하는 거야?"

그 소리가 신경 쓰여 연하가 자리에서 일어날 때 현관문이 세차게 열렸다.

"엄마!"

진하가 버럭 소리를 지르며 들어왔다.

"아 왜 그렇게 전화를 안 받아? 너는 왜 전화를 꺼놓고?"

진짜 진하가 돌아왔다. 연하는 소스라치게 놀라 우왕좌왕했다. 어쩌지? 쥐는 방 안에 있는데? 숨게 도와줘야 하나? 너무 갑작스러운 일이라 어떤 행동부터 해야 할지 몰랐다.

부엌으로 온 진하는 좀 전까지 본 츄리닝 차림이 아닌 교복 차림이었다. 놀란 엄마가 당황한 모습으로 진하의 닫힌 방문과 옆에 선 진하를 번갈아 쳐다봤다.

"아무리 아빠가 화가 나서 내 친구들을 신고한다고 해도 엄마가 말려줘야 하는 거 아냐?"

씨근덕거리던 진하가 제자리에 앉아 접시에 담긴 큰 머핀을 집어 들었다.

"그래서, 신고했어?"

크게 한입 베어 물었다. 아무 말도 못 하고 자기를 쳐다보는 엄마와 연하를 번갈아 보며 진하는 우물우물 씹어 삼켰다.그리고 닫힌 안방을 돌아봤다.

"근데 아빠는 어디 있어?"

또 머핀을 한입 가득 밀어 넣으며 진하가 물었다.

"어젯밤부터 신경 쓰여 뭘 제대로 먹질 못했잖아. 배고파 죽겠네."

제대로 씹지도 않고 우물거리다가 우유를 한 번에 들이켰다. 꿀꺽 삼킨 진하가 다시 몇 번을 씹는데 갑자기 인상을 찌푸리더니 입에 남은 걸 뱉었다.

"아씨 이게 뭐야."

으깨진 빵 속에서 작고 검은 조각이 나왔다.

"플라스틱 조각이잖아! 뭐 이런 게 들어갔어?"

그때 엄마가 자리에서 일어나 쥐가 들어간 방문을 열었다. 방 안엔 쥐가 입었던 츄리닝이 아무렇게나 바닥에 널브러져 있었고 창문은 활짝 열려 있었다.

"너!"

그 모습을 보고 엄마가 무얼 생각했는지 매우 화난 목소리로 진하를 불렀다. 아마 이제까지 진하가 장난친 거라고 생각하는 듯했다. 전에는 보지 못한 엄마의 모습에 진하가 슬그머니 자리에서 일어났다.

"엄마?"

"감히 엄마를 속여?"

"그게 무슨 말이야?"

"엄마한테 장난치는 것도 정도 것이지. 이런 널 참아내는 데도 지쳤어!"

화를 내며 소리치는 엄마의 모습에 진하가 뒷걸음질 쳤다.

"야, 엄마 왜 저래? 뭐해 말리지 않고. 아빠, 아빠!"

연하가 말릴 생각이 전혀 없어 보이자 진하는 아빠를 부르며 안방으로 달려가려고 했다. 그때 진하가 배를 부여잡고 허리를 숙였다. 억 소리를 내며 신음을 흘리면서 진하가 엄마와 연하에게 손을 내밀었다.

"갑자기, 배가, 아파. 억!"

"이 상황에서 또 장난치니?"

엄마의 말에 연하가 자리에서 일어났다. 평소 자기한테 불리하면 하는 아픈 척이 아닌 것 같았다.

"아니, 아니야."

진하가 무릎 꿇고 가슴을 긁어댔다. 순간 괴로워하는 그 입에서 신음 대신, 쥐 소리가 들렸다.

"찍찍."

그리고 펑! 바로 눈앞에서 진하가 쥐로 변했다. 엄마가 비명을 질렀다.

"무슨 일이야?"

굳게 닫혔던 안방 문을 열고 아버지가 나왔다. 아버지는 거실에서 돌아다니는 쥐로 변한 진하를 보고는 잠시 놀라더니 빗자루를 찾아들었다.

"이놈의 쥐가 어떻게 들어왔어?"

쾅! 어디서 불어온 바람인지 현관문이 활짝 열렸다. 때를 놓치지 않고 아버지는 빗자루를 휘둘러 쥐를 집 밖으로 내쫓았다. 쥐는 꽁지 빠지게 도망갔다.

쥐

"후아!"

쥐로 되돌아온 쥐는 조왕 할멈한테 혼나기 전에 재빨리 창밖으로 나왔었다. 때를 맞춰 진하가 씨근덕거리며 집 안으로 들어갔고 잠시 뒤 집안에서 한바탕 소란이 일었다. 그러더니 강한 힘에 현관문이 열렸다. 바람과 함께 들어보지 못한 조왕 할멈의 포효가 들렸다.

"어디 쥐가 이 집에 들어와?!"

그 말에 쥐는 슬그머니 터주신을 보았다. 눈이 마주치자 터주신이 눈을 찡끗했다. 잠시 뒤 쥐로 변한 진하가 문밖으로 도망쳐 나왔다. 그 뒤를 아버지가 빗자루를 들고 쫓았다. 뒤이어 연하가 뛰어나왔다. 연하는 걱정스러운 눈으로 마당 이곳저곳을 살폈다. 아마도 나를 찾는 모양이다. 쥐는 측백나무 밑에 몸을 잔뜩 웅크렸다.

쥐를 쫓아낸 아버지가 현관문을 쾅 닫았다. 거실 창 너머로 아버지가 모녀에게 고개를 숙여 지난 모든 잘못을 사과하는 모습이 보였다.

"다행이다."

만족스러운 미소를 짓던 쥐는 훌쩍이는 울음소리에 고개를 돌렸다. 녹슨 대문 밑으로 진하가 머리만 내민 채 집 안을 들여다보고 있었다. 쥐는 그 앞으로 갔다. 커다란 쥐의 등장에 놀란 진하는 도망치지도 못하고 그 자리에 납작 엎드렸다.

"쥐가 되니 어때?"

쥐의 질문에 대답도 못 하고 진하는 울었다.

"그동안 네가 지은 죄에 대한 벌이라고 생각해. 앞으로 평생 이렇게 살지도 몰라."

"그럴 수 없어!"

쥐의 말에 진하가 찍 하고 비명을 내질렀다.

"걱정하지 마. 착하게 지낸다면 내가 쥐로 살아가는 법을 알려줄게."

"웃기지 마. 내가 어떻게 쥐로 살아? 난 사람인데?"

"아직도 정신을 못 차렸네. 네가 왜 사람에서 쥐로 변한 것 같아? 그동안 네가 한 모든 나쁜 짓들 때문이라고. 계속 그렇게 살면, 계속 이렇게, 계속 쥐로, 벌받으며 지내겠지."

"그게 무슨 말이야?"

"반성과 사과! 진심으로 너의 죄를 반성하고, 네가 괴롭혔던 가족과 모두에게 용서를 구하고 착하게 살라고."

"평생 쥐로 살아갈 거라며?"

멍한 시선으로 진하는 쥐를 올려다봤다. 그리고 뭔가를 생각한 듯 엎드려 절했다.

"다시 한번 사람이 되게 해줘. 정말 착하게 살게! 그 누구도 괴롭히지 않을게. 정말 모두에게 감사한 마음으로 살게. 제발, 제발 사람으로 되돌려 줘."

진하는 엉엉 울며 반성하고 애원했다. 그 모습을 가만히 보던 쥐가 어깨를 으쓱였다.

"쥐심 썼다. 한 번은 용서해 줄게. 대신 내가 언제 어디서고 지켜볼 거야!"

"응, 응. 알았어. 고마워."

쥐는 터주신을 바라봤다. 마치 자신의 힘인 것처럼 굴어서 멋쩍었다.

퍼엉!

"엉엉! 고마워! 다신 안 그럴게!"

아직 사람으로 되돌아간 줄 모르는 진하는 엎드린 채로 엉엉 울었다. 진하의 울음소리에 가족들이 밖으로 나왔다. 알몸인 모습에 놀란 아버지가 집에서 이불을 가지고 나와 몸에 둘러줬다.

"엄마 미안해. 내가 못되게 굴어서 미안해. 연하야 미안해. 널 괴롭히고 때리고 밀어 다치게 해서. 다신 안 그럴 게 용서해 줘."

그 모습을 지켜보던 쥐는 만족스러운 찍소리를 내었다. 연하에게 마지막 인사는 하지 못했지만, 언젠간 만날 일이 있지 않을까 싶었다. 그때는 아마 더 단단한 아이가 되어 있을 것이다.

아주 오랜만에 하늘에서 햇빛이 쏟아졌다. 젖은 측백나무 향을 맡으며 쥐는 그 미래를 꿈꿨다.

작가의 말

'남아선호사상'이라는 말이 있습니다. '남자는 하늘, 여자는 땅'이라는 말도요. 그 말이 어디서 왔는지는 궁금하지 않습니다. 그 말이 아직도 만연한 사회가 궁금할 뿐입니다.

세상은 너무도 빠르게 발전하는데 왜 아직도 모두가 평등하지 않을까요?
왜 아직도 그걸로 싸울까요?
왜 그걸로 스스럼없이 폭력을 행할까요?

이 글에 나오는 아이들은 가정에서 받는 차별을 숨기고 학교라는 세상 속에서 가면을 쓰고 살아갑니다. 딸이라는 이유로 아빠와 오빠의 말에 순응하며 살아가는 연하. 그녀는 작은 실수 하나에도 심지어 오빠가 잘못한 일인데도 그릇된 폭력을 당하지만 아무렇지 않은 모습을 보입니다. 아들이라는 이유로 모든 잘못에서 자유로운 듯 보이는 진하. 하지만 그는 아버지의 기대대로 완벽함을 연기해야 합니다.

이야기는 존재만으로도 차별당하는 쥐가 주인공 연하에게 밥을 얻어먹으며 듣게 된 그녀의 소원 '차라리 쥐가 가족이었으면'에 공감하면서 고구마에서 사이다로 분위기가 바뀝니다. 문제가 해결되는 시작점인 거죠.

그 소원을 이 집의 터주신이 들어주겠다며 쥐에게 아무렇게 버려진 손발톱을 먹으라고 시킵니다. 쥐가 사람으로 변신한 뒤 모든 동화가 그렇듯 해피엔딩이 됩니다.

다시 처음으로 돌아가서 저는 '왜'라는 질문에 답을 내리지는 못하겠습니다. 그러나 많은 질문 속에서 한 가지 분명한 건, 모든 생명은 소중한 존재라는 겁니다. 우리는 그 생명을 해칠 권리가 없습니다.

차별의 말이 사라지는 그날이 빨리 오기를 바랍니다.

꿈을 이루어주는 마녀

∧∧∧∧∧

정명섭

∧∧∧∧∧

원작 《헨젤과 그레텔》에 대하여

오빠인 헨젤과 여동생인 그레텔은 숲속에 사는 가난한 나무꾼의 자식들입니다. 어느 해 흉년이 들어 식량이 부족해지자 계모는 남편에게 아이들을 숲속에 버리고 오라고 시킵니다. 헨젤은 계모의 얘기를 우연히 듣고는 집으로 돌아가는 길을 표시하기 위해 하얀 조약돌을 모읍니다. 그래서 아버지가 둘을 숲속 깊은 곳에 버리고 왔지만 헨젤은 미리 떨어뜨린 하얀 조약돌을 보고 집으로 돌아오는 데 성공합니다.

그들이 돌아오자 계모는 다시 남편에게 아이들을 버리고 오라고 종용합니다. 이번에는 조약돌을 모으지 못해서 빵 조각으로 길을 표시합니다. 하지만 불행하게도 숲의 동물들이 빵 조각을 먹어버리고 말았습니다. 결국 헨젤과 그레텔은 집으로 돌아가지 못하고 숲속에서 길을 잃고 맙니다.

숲에서 길을 잃은 남매는 빵과 설탕으로 만들어진 집을 발견합니다. 이 집에 거주하는 노파는 그들을 안으로 초대하는데요. 그녀의 진짜 정체는 마녀였고 그 집은 아이들을 꾀어내기 위해 지은 것이었습니다. 찾아오는 아이들을 잘 먹여서 살이 찌면 잡아먹었던 것입니다.

마녀는 오빠 헨젤을 쇠창살로 만든 우리에 가두고 여동생 그레텔은 하녀로 삼았습니다. 마녀는 헨젤을 요리할 생각으로 그레텔에게 빵을 굽는 오븐이 준비되었는지 확인해 보라고 합니다. 하지만 그레텔은 마녀의 속셈을 눈치채고 오븐이 높아서 볼 수 없다고 핑계를 댑니다. 그리고 마녀가 다가와서 오븐을 살펴보자 힘껏 떠밀고는 오븐을 닫습니다. 쇠창살의 열쇠를 찾은 그레텔은 헨젤을 풀어주고 둘은 마녀가 가지고 있던 많은 보석을 챙겨 집으로 돌아가는 데 성공합니다. 아버지와 계모는 자신들의 잘못을 뉘우치고 헨젤과 그레텔에게 사과를 하고 훈훈하게 마무리됩니다.

　월간 평가가 열리는 연습실 안은 침묵 속에 잠겨 있었다. 소리 나지 않게 마른침을 삼킨 동준은 친구이면서 라이벌들을 바라봤다. 다들 긴장하기는 마찬가지였다. 특히 며칠 동안 감기 때문에 몸이 좋지 않았던 데이빗은 더욱 그랬다. 터져 나오려는 기침을 씹어 삼킨 데이빗이 말아쥔 주먹으로 입을 가리고 작게 한숨을 털어냈다. 다들 초긴장 상태였다. 더군다나 작년 연말에 야심 차게 데뷔한 걸그룹이 폭망의 길을 걷고 있어서 구조 조정을 한다는 흉흉한 소문이 돌아서인지 다들 30분 전부터 도착해 스트레칭으로 몸을 풀고는 아무 말 없이 앉아 있었다.

　3년 전 오디션을 통과해 연습생이 된 동준은 다른 여자 동료들과 앉아 있는 여동생 미나를 바라봤다. 재작년 오디션을 통해 연습생으로 뽑힌 미나 역시 초조하고 불안한지 표정이 굳어 있었다. 눈이 마주친 동준이 힘내라는 표정을 지으며 눈을 찡긋했다. 미나 역시 억지로 웃어 보였다. 둘은 어린 시절부터 종종 노래를 불렀다. 같이 노래를 부를 때가 가장 행복했다. 그때마다 잘

한다는 칭찬을 들었다. 하지만 지금은 매일 고통스러운 연습생의 시간을 보내는 중이었다.

미칠 것 같은 긴장감 속에 연습실 문이 열렸다. 싸늘한 바깥바람을 등에 업고 기획사 공동 대표인 엄중섭과 나애리가 나타났다. 부부이기도 한 이들을 연습생들은 아빠와 엄마라고 불렀다. 여러 가지 의미를 지닌 별명이지만 어쨌든 연습생들은 두 사람 앞에선 숨도 크게 쉬지 못했다. 특히 춤과 노래를 비롯해 모든 걸 평가하는 월간 평가에서는 더없이 그랬다. 여기서 탈락하면 그동안의 성적이 아무리 좋았더라도 얄짤없이 집으로 돌아가야만 했다. 여동생인 미나와 함께 3년째 하우스 엔터테인먼트사 연습생 생활 중인 동준 역시 숨죽여 가만히 있었다.

연습생들의 긴장 어린 불안한 시선을 받으며 아빠와 엄마는 미리 준비된 의자에 앉았다. 그 뒤로 안무 담당과 보컬 트레이너들이 나란히 섰다. 긴장감을 못 이겼는지 데이빗이 결국 기침을 크게 했다. 한번 터진 기침은 쉽사리 그치지 않았다. 걱정이 된 동준이 데이빗의 등을 토닥거렸다.

"괜찮아?"

하지만 데이빗은 동준의 손을 거칠게 뿌리쳤다. 그의 돌발 행동에 깜짝 놀랐지만 소란을 피울 수는 없었기에 동준은 조용히 쳐다봤다가 시선을 거두었다. 그 사이, 직원들이 저울을 가져왔다. 월간 평가 첫 번째 관문인 몸무게를 재는 시간이다. 미나가

속한 여자 아이돌 연습생들 사이에서 작은 한숨이 나왔다. 전자식 저울의 몸무게를 보여주는 계기판은 바깥쪽, 그러니까 저울에 올라가는 당사자가 아니라 지켜보는 사람들이 보게 되어 있었다. 다리를 꼰 채 의자에 앉아 있는 엄마가 말했다.

"여자 연습생부터 시작, 이지인."

이름이 불린 여자 연습생이 어두운 표정으로 나왔다. 몸무게를 최대한 줄이기 위해 레깅스와 스포츠 언더웨어를 입고 고개를 숙인 채 저울에 올랐다. 붉은색 숫자가 빠르게 올라갔다. 지켜보던 몇 명은 놀란 표정이었고 다른 몇 명은 웃음을 감추기 위해 고개를 숙였다. 엄마는 꼬고 있던 다리 끝을 까딱이며 지켜보다가 저울 위에 있는 지인에게 말했다.

"지난달보다 300그램이나 늘었네."

엄마의 말에 지인은 고개를 더 숙였다. 지켜보던 연습생들 사이에서 반 근 어쩌고 하는 소리가 들렸다. 몇 달 전에 잘린 기획사 직원이 몸무게를 잴 때마다 정육점처럼 한 근, 두 근이라고 얘기한 적이 있다. 모욕감을 느낀 연습생이 한둘이 아니었지만 차마 항의를 할 순 없었다. 웃기게도 그 직원 또한 아빠에게 모욕적인 얘기를 듣고는 기획사를 나갔다. 지인이 고개를 숙인 채 기어들어 가는 목소리로 대답했다.

"죄송합니다."

"지난주에는 가방에서 과자가 나왔고."

지인은 아무 대답도 하지 못했다. 그걸 지켜보던 엄마는 옆에 앉은 아빠와 귓속말을 주고받았다. 동준보다 먼저 연습생으로 들어와서 4년 차에 접어든 지인의 운명이 결정되는 순간이었다. 아빠와 얘기를 마친 엄마가 저울 위에 있는 지인에게 말했다.

"이지인, 나가."

사실 아침에 와서 저녁에 돌아가는 일과이기 때문에 '나가'라는 말보다는 '나오지 마'라는 표현이 더 적당했다. 하지만 엄마와 아빠는 기획사를 집이라고 했고, 이름도 하우스였기 때문에 '나가'라는 말을 썼다. 최근 지인의 마음이 이곳을 떠나있기는 했지만 정말 비참하고 굴욕적일 것이다. 저울에서 내려온 지인이 엄마 아빠를 향해 고개를 숙였다.

"안녕히 계세요."

스텝의 안내를 받아 밖으로 나가는 지인의 뒷모습을 보던 동준은 옆자리의 데이빗이 다시 잔기침하는 소리에 정신을 차렸다. 꼬고 있던 다리를 푼 엄마가 일어났다.

"다들 정신 차려. 무대는 아무나 올라갈 수 있는 곳이 아니야. 4년이 아니라 40년을 연습생으로 있어도 실력이 떨어지면 나가야 해. 알았어?"

"네!"

연습생들의 우렁찬 대답에 엄마가 흡족한 듯 다시 의자에 앉으며 말했다.

"한미나."

여동생의 이름이 불렸다. 동준은 마른침을 삼켰다. 그런 오빠에게 안심하라는 듯 미소를 지으며 여동생 미나가 조심스럽게 앞으로 나가 저울 위에 올랐다. 차마 볼 수 없어 눈을 감은 동준이 천천히 고개를 들었다. 그리고 저울의 계기판에 찍힌 숫자를 보고는 참았던 숨을 내쉬었다. 저울 위에 서 있는 미나에게 엄마가 말했다.

"51그램 늘었네."

"죄송합니다."

"내려가."

조금 늘긴 했지만 100그램을 초과한 건 아니었기 때문에 그냥 넘어간 듯했다. 그런 식으로 한 명씩 몸무게를 재는 첫 번째 단계가 끝났다. 동준 역시 지난달보다 체중이 늘지 않았기 때문에 큰 문제는 없었다. 이지인을 제외하고는 몸무게가 많이 는 연습생이 없자 엄마는 흡족한 표정을 지었다. 이어서 아빠가 일어나 연습생들을 바라봤다. 스텝이 재빨리 플라스틱 통을 가져오자 분위기는 다시 얼어붙었다. 월간 평가의 두 번째 단계인 쪽지 평가 시간이다.

플라스틱 통에는 반으로 접힌 쪽지들이 있었다. 지금까지 연습했던 춤의 이름들이 적힌 쪽지다. 그중 어느 게 뽑힐지 모르기 때문에 오십 개가 넘는 춤을 하나도 빠짐없이 외워야만 한다. 무

표정한 얼굴로 쪽지를 뽑은 아빠가 연습생들을 쭉 살폈다. 고개를 숙이거나 시선을 피할 수도 없고, 그렇다고 똑바로 쳐다볼 수도 없는 상황이라 다들 어정쩡하게 앞쪽을 바라봤다. 동준 역시 아빠 옆에 앉은 엄마에게 비스듬히 시선을 두었다. 천천히 쪽지를 펼친 아빠가 무미건조하게 말했다.

"송유진, 황미아, 나주미, 11번."

아빠는 항상 두 명 내지 세 명에게 같은 춤을 시켰다. 그래야 실력이 잘 보인다는 이유였는데 그럴 때마다 연습생들은 피가 말랐다. 혼자만 치고 나갔다가는 같이 있는 동료가 떨어질 수 있기 때문이다. 물론 그걸 이용해서 경쟁자들을 떨어뜨리는 친구도 있었다.

동준과 미나는 춤보다는 노래하는 걸 더 좋아했지만 무대에 서려면 다른 선택의 여지가 없었다. 이름이 불린 세 명의 연습생이 앞으로 나왔다. 아빠가 시작하라는 손짓을 했다. 음악도 틀어주지 않아 셋은 그냥 리듬에 맞춰 움직이기 시작했다.

'11번이 뭐였더라?'

오래된 춤과 노래를 좋아하는 엄마와 아빠의 취향을 떠올린 동준은 곧 떠올렸다.

'HOT의 캔디.'

너무 오래전 춤이라서 지금 트렌드에는 맞지 않다는 이야기가 연습생들 사이에서 돌았지만 감히 입 밖에 꺼내지는 못했다.

셋 중에 미아와 주미는 그럭저럭 춤을 췄지만 유진이는 타이밍을 놓쳤는지 버벅거리다가 두 명과 동작이 틀리기 시작했다. 곁눈질로 바라보면서 동작을 따라 하려 했지만 한 템포씩 늦었다. 무대 시설도 없고 음악도 나오지 않는 황량한 연습실에서 추는 춤이다 보니 틀린 게 너무나 잘 보였다. 결국 춤이 끝날 무렵 유진은 눈물을 쏟고 말았다. 동준은 유진이를 안쓰러운 표정으로 바라봤다. 하지만 아빠의 말투는 냉랭했다.

"송유진! 춤 연습 제대로 했어?"

"네, 아빠."

"그런데 동작이 왜 그 모양이야? 잠이 덜 깨서 추는 거야?"

의자에서 일어난 아빠가 유진이의 어색한 손동작을 따라 하면서 소리쳤다. 그걸 본 연습생 몇몇이 숨죽여 키득거렸다. 유진의 고개는 더 숙여져 아예 얼굴이 보이지 않을 정도였다. 유진을 쏘아보던 아빠가 연습생들을 노려봤다. 그리고 가볍게 손동작을 보여줬다.

"내가 뭐라고 그랬어? 춤은 절도있게, 딱딱 끊어서 해야 한다고 했지?"

"네!"

"안 그러면 춤 선도 개판 되고 흐느적거리는 것처럼 보인다고 몇 번을 말했어? 요즘 케이팝이 잘 나가고 아이돌이 성공한다고 다들 성공하는 줄 알아? 1년에 아이돌이 100개 넘게 데뷔해. 그중에 몇 팀이나 성공할 것 같아? 어!"

작년에 데뷔시켰다가 폭망한 아이돌이 생각났는지 아빠의 표정이 울컥했다.

"그런데 이렇게 나약한 정신 상태로 그 바늘구멍을 뚫을 수 있겠어? 아이돌은 뭐라고?"

"정신력이요!"

연습생들의 우렁찬 대답에 아빠가 그제야 고개를 끄덕였다.

"그래, 정신력이 없으면 아무리 잘 생기고 기가 막히게 춤을 춰도 소용없어. 무대에서 못 버틴단 말이다. 알았어?"

"네!"

연습생들의 대답을 들은 아빠가 여전히 고개를 숙인 채 서 있는 유진을 노려봤다. 이번 시험이 힘든 건 잘못하면 질책과 꾸중이 모두에게 향한다는 것이었다. 함께 혼이 난 연습생들의 따가운 시선에 경쟁의 무게까지 더해지면서 압박감이 어마어마했다. 결국 유진은 눈물을 보였다. 훌쩍거리는 그녀를 보며 아빠가 말했다.

"유진이는 반성문 열 장 쓰고 다음 주에 따로 체크한다. 그때 떨어지면 집을 나간다. 알았어?"

"네."

따로 체크받는 상황이 되면 절반 이상은 떨어져 집에 가야 했다. 하지만 유진이는 지금 이 순간을 벗어날 수 있는 것만으로도 다행스러운 듯 보였다. 동준 앞에 앉아 있던 남자 연습생이 투덜거렸다.

"오늘 왜 이렇게 세게 나가는 거야? 소문이 사실인가?"

동준도 들은 소문이었지만 믿고 싶지는 않았다. 다시 의자에 앉은 아빠가 두 번째 쪽지를 뽑았다. 그리고 목소리를 가다듬은 목소리로 말했다.

"한동준, 박 데이빗. 9번."

이름이 불렸다. 가슴이 철렁 내려앉았지만 다행히 9번 춤이 뭔지는 금방 생각났다.

'BTS의 불타오르네.'

BTS의 춤은 쉬운 게 없다. 특히 〈불타오르네〉는 3분 33초에 나오는 발동작인 333이 어려웠다. 하지만 혹시나 해서 어제 집중적으로 연습한 춤이라 자신 있었다. 문제는 데이빗이었다. 감기 기운 때문인지 몸도 가누지 못하던 데이빗이 비틀거리며 일어나 앞으로 나갔다. 동준이 데이빗에게 살짝 말했다.

"천천히 할 테니까 잘 따라와."

하지만 데이빗은 너나 잘하라는 아니꼬운 표정으로 바라봤다. 호의를 무시당했지만 동준은 애써 침착함을 유지하며 앞에 섰다. 그런 모습을 힐끔 보며 아빠가 큐 사인을 했다. 심호흡을 한 후 동준은 첫 동작을 자신 있게 끊었다. 시작하는 순간부터 333 동작을 염두에 둔 동준이는 타이밍에 맞춰 상체를 고정한 채 발을 굴렸다. 지켜보던 연습생들 사이에서 가볍게 박수가 터져 나왔다. 그런데 힘없이 춤을 추던 데이빗이 갑자기 괴성을 지르며 덤벼들었다.

"너 때문이야! 죽어!"

심하게 떠밀린 동준이 옆으로 넘어지면서 연습실 바닥에 심하게 머리를 부딪쳤다. 쓰러진 동준을 올라탄 데이빗이 마구 주먹질을 하면서 외쳤다.

"네가 창문 열어놨지? 그래서 감기 들게 만든 거잖아!"

"뭐라고? 아니야. 데이빗!"

"아니긴 뭐가 아니야! 내가 다 봤는데!"

심하게 충혈된 데이빗의 눈은 살기로 가득했다. 마구 쏟아지는 주먹세례를 두 팔로 막긴 했지만 동준은 턱을 심하게 얻어맞았다. 그때 미나가 달려들어 데이빗의 머리채를 잡아당겼다.

"우리 오빠한테 왜 이러는데!"

다른 연습생도 달려와 데이빗을 끌어냈다.

🐵 🐵 🐵

다음 날, 동준은 멍든 이마와 터진 입술을 한 채 아빠 방으로 불려 갔다. 문 앞에서 심호흡하고 가볍게 노크를 했다.

"아버지, 동준입니다."

"들어와."

벽에는 아빠와 엄마가 2세대 아이돌과 함께 찍은 사진들이 한 가득 걸려 있었다. 벽을 등지고 앉은 아빠가 동준을 올려봤다.

"앉아. 치료는 잘했니?"

"네."

의자에 앉은 동준이 살짝 긴장한 채 아빠를 바라봤다. 아빠가 모니터를 보며 입을 열었다.

"우리 집에 온 지 3년째네."

"맞습니다. 17차 오디션에 합격했습니다. 동생은 19차 오디션에 합격했고요."

"중학교 때 들어왔는데 지금은 고등학생이 되었구나. 올해 고2?"

"네, 미나는 중학교 2학년이고요."

"그동안 열심히 했네. 보컬이랑 댄스 트레이너들의 보고를 보면 성실하다는 평가가 많아."

"고맙습니다. 더 열심히 하겠습니다."

동준의 대답을 들은 아빠가 잠시 주저하다가 입을 열었다.

"오전에 데이빗이 와서 얘기를 나눴다. 데이빗 얘기로는 동준이 네가 휴게실 창문을 열어놔서 감기가 들었고, 그래서 평가를 망쳐 화가 났다고 했어."

"억울합니다. 그때 휴게실에 같이 있었던 건 사실이지만 창문을 열어놓진 않았어요."

"나도 그렇게 생각하지는 않는다. 데이빗은 다 좋은데 가끔 문제가 생기면 다른 이유를 찾으려 들거든."

동준은 안도의 한숨을 쉬었다.

"어쨌든 저는 억울합니다. 지금까지 다른 친구들을 해코지하거나 괴롭힌 적이 없어요."

또래 연습생들은 친구이자 경쟁자들이라서 여러 가지 갈등 상황이 생기곤 했다. 엄마와 아빠는 말썽이 벌어지면 예외 없이 내보낸다고 했고, 실제로 그렇게 했다. 그래서 이번에 싸움이 났을 때도 다들 동준이가 쫓겨날지 모른다고 수군거렸다. 그런데 아빠가 이렇게 따뜻한 말을 해주다니, 희망이 생긴 것이다.

"하지만 원칙은 원칙이니까, 나로서는 어쩔 수 없단다."

아빠가 뜻밖의 말을 했다.

"네? 저는 아무 잘못도 없는데요."

"데이빗이 그렇게 생각하게끔 행동한 것도 잘못이라고 볼 수 있지. 집안은 화목해야만 잘 돌아갈 수 있어. 그래서 예외가 없어야 해. 너랑 미나는 더 이상 우리 집안 가족이 아니다."

"미나는 왜요?"

동준의 물음에 아빠가 대답했다.

"데이빗에게 덤벼서 상처를 입혔잖아. 데이빗이 진단서를 끊어왔다. 6주가 나왔더구나. 알다시피…."

머리를 긁적이며 아빠가 말을 이었다.

"걔네 아버지가 변호사라서 자칫 골치 아파질 수 있어."

부르튼 입술과 부어오른 이마를 손가락으로 가리키며 동준이 하소연했다.

"저도 다쳤어요. 여기랑 여기요."

"나는 마음이 다쳤다. 자식처럼 대했는데 계속 실망만 안겨 주고 있잖아."

땅이 꺼지라 한숨을 쉬는 아빠를 보면서 동준은 억울함을 참지 못했다. 동준과 미나 부모님은 데이빗의 아빠처럼 변호사도 아니고 진단서를 끊어줄 정도로 신경을 써주지도 않았다. 겨우 눈물을 참고 있는 동준에게 아빠가 말했다.

"너희 둘 처음 들어왔을 때 춤보다는 노래를 더 좋아했던 걸로 기억하는데 말이야."

대답조차 하고 싶지 않았지만 마지못해 고개를 끄덕였다. 그런 동준이를 바라보며 아빠가 말했다.

"내가 로드 매니저를 했을 때 알던 분이 있는데 말이야. 한때 날리던 보컬 트레이너였어. 이름만 대면 알만 한 가수들을 가르쳤지. 작년에 여기도 왔었는데 기억나니? 노란색 모자를 썼던 할머니 말이야."

동준은 기억을 떠올렸다. 어느 날 갑자기 나타난 할머니가 2주 동안 연습생들을 가르쳤다. 엄격한 데다 걸핏하면 소리를 질러 댔기 때문에 연습생들은 할머니에게 '마녀'라는 별명을 붙였다.

"그때 그분이 너랑 미나를 보고 관심을 가졌거든. 오늘 연락하니 보내라고 하더라."

"저랑 미나를요?"

동준의 물음에 아빠가 고개를 끄덕였다.

"가서 보컬 연습하면서 기다려 봐. 조용해지면 돌아올 수 있는 방법을 찾아볼게."

"정말이죠?"

"사실, 요즘 상황이 안 좋기는 해. 작년에 데뷔시킨 걸그룹이 망해버리는 바람에 여러모로 힘들기도 하고. 자식 같은 너희를 내보내는 건 가슴 아픈 일이지만 이해해다오."

하소연 비슷하게 털어놓은 아빠가 의자에서 일어나 손을 내밀었다.

"인생은 어둠 속을 걷는 것과 비슷하다고 했지? 그럴 때는 어떻게 해야 한다고?"

귀에서 피가 나올 정도로 들었던 얘기라 자연스럽게 말이 나왔다.

"용기를 잃지 않고 실패해도 계속 도전해야 한다고요."

동준의 대답에 아빠가 덤덤하게 말했다.

"그래, 용기를 잃지 마라."

면담을 마치고 밖으로 나온 동준은 맞은편 엄마의 방에서 나온 미나와 마주쳤다. 미나 역시 엄마에게 같은 얘기를 들었는지

눈시울이 붉었다. 동준이는 간신히 울지 않고 말했다.

"미안해."

"아냐. 오빠가 뭘 잘못했다고 그래."

"나 때문에 너까지 쫓겨났잖아."

"내가 맞았으면 오빠는 가만히 있었을 거야?"

미나의 물음에 동준은 고개를 저으며 말했다.

"미쳤니? 가만있게."

미나가 그럴 줄 알았다며 싱긋 웃었다. 동준은 미나의 손을 잡고 걸었다. 그렇게 동준과 미나는 집이라고 생각했던 곳에서 미지의 세계를 향해 걸어 나왔다.

🍪 🍪 🍪

며칠 후, 동준과 미나는 개봉동의 골목길을 헤맸다. 휴대폰을 살펴보던 동준이 이마를 찌푸렸다.

"어디지?"

오래된 양옥과 빌라가 빼곡히 들어찬 골목에 여름답지 않은 싸늘한 바람이 불었다. 골목에 잠들어 있던 쓰레기와 전단들도 살아있는 듯 펄럭거렸다.

"분명 여기 광장 떡집이랑 카페 사이의 골목이라고 했는데…."

동준이 투덜대며 두리번거리는데 미나가 팔을 잡았다. 방금 전철역에서 타고 온 마을버스가 회차를 하면서 도는 중이었다. 옆으로 피한 동준이가 마을버스가 도는 걸 지켜보다 시멘트 담장에 작게 적힌 글씨를 보았다.

"마녀가 사는 집?"

미나가 동준 옆으로 다가와 같이 읽었다.

"화살표가 있는데? 안쪽으로."

"가보자."

화살표가 가리킨 곳은 더 좁고 허름한 골목이었다. 오래된 집들이 수문장처럼 지키고 있어 동준은 어깨가 절로 움츠러졌다.

"꼭 세트장 같네."

이리저리 둘러보던 미나가 무심코 위쪽을 바라봤다가 깜짝 놀랐다.

"저기 고양이가 있어."

"어디?"

"2층 난간에서 우릴 내려다보네. 꼭 감시하는 거 같아."

미나의 말대로 2층 난간 위에 검은 고양이 한 마리가 보였다. 눈이 마주치자 고양이는 혀를 날름거리고는 가볍게 난간 아래로 사라졌다. 동물을 그다지 좋아하지 않는 동준과 달리 미나는 고양이를 좋아했다. 그런 미나가 고개를 갸웃거렸다.

"이상해."

"뭐가?"

"고양이는 저렇게 사람들 앞에 모습을 잘 드러내지 않는데 말이야."

"그럼?"

"조심성이 많아서 모습을 먼저 드러내지 않아. 특히 주택가에 사는 길고양이들은 말이야."

둘은 이야기를 주고받느라 누가 오는 줄도 몰랐다. 바로 뒤에서 누군가 헛기침을 하자 깜짝 놀라 뒤를 돌아본 동준은 구부정하게 서 있는 할머니와 눈이 마주쳤다. 짙은 화장을 하고 커다란 리본이 달린 모자를 쓴 할머니 옆에는 아까 봤던 고양이가 있었다. 동준이 놀라서 아무 말도 못 하고 있자 미나가 먼저 입을 뗐다.

"안녕하세요. 저, 혹시."

"금빛 연습실을 찾아온 거니?"

"네, 지도에는 여기로 나와 있는데 찾질 못하겠….'

미나의 말을 딱 자른 할머니가 말했다.

"따라오너라."

영문도 모른 채 동준과 미나는 할머니를 따라갔다. 고양이도 잠자코 따라왔다. 골목 안으로 들어간 할머니의 뒷모습을 보면서 미나가 동준에게 속삭였다.

"오빠, 들은 것처럼 진짜 마녀 같아."

"쉿! 조용."

눈치를 보던 동준의 말에 미나가 입을 다물었다. 골목 안에 있는 작은 철문으로 들어가자 진짜 오래된 이층집이 나왔고 그 집 마당에는 잡초가 가득했다. 담장 아래에는 크고 작은 항아리들이 늘어서 있었다. 따라온 고양이가 그중 깨진 항아리 안으로 냉큼 들어가 버렸다. 앞장선 할머니는 반지하로 내려갔는데 대낮인데도 어두컴컴했다. 미나가 다시 속삭였다.

"우릴 잡아먹는 건 아니겠지?"

어두컴컴한 탓인지 반지하는 서늘하고 섬뜩했기 때문에 동준은 미나에게 그럴 리 없다는 말을 차마 하지 못했다. 기나긴 복도를 지나 끝에 있는 문을 열자 빛이 새어 들어왔다. 머뭇거리는 둘을 보며 할머니가 손짓했다.

"뭘 그렇게 서 있어. 어서 들어와라."

할머니의 재촉에 둘은 조심스럽게 들어갔다. 타일이 깔린 현관이 나왔다. 신발을 벗고 안으로 들어가자 노란 장판이 깔린 거실이 보였다. 오래된 소파는 고양이가 발톱으로 뜯은 흔적이 역력했다. 뭘 어떡할지 몰라서 우두커니 서 있던 동준에게 할머니가 별안간 다가와 목을 꽉 움켜잡았다.

"컥!"

놀란 동준이 주춤거리자 미나가 할머니에게 외쳤다.

"무슨 짓이에요?"

할머니는 아무렇지도 않게 손을 떼면서 말했다.

"성대가 잘 발달해 있네. 어쩐지 목소리 통이 좋더라니. 너도 고개를 위로 해 봐라."

위압적이지는 않지만 어쩐지 거부할 수가 없었다. 미나는 쭈뼛쭈뼛 고개를 위로 들었다. 할머니가 주름투성이 손을 뻗어 미나의 목을 몇 번 만졌다.

"지난번에 보니 가성을 잘 내던데 평소 연습을 했니?"

놀란 미나가 동준을 슬쩍 바라봤다가 대답했다.

"아뇨, 하우스에서는 가성을 쓰지 못하게 해서 연습을 안 했어요. 영상에서 찍힌 것도 한 번만 해보라고 해서 했…. 혹시."

미나가 말을 잇지 못하자 할머니가 고개를 끄덕였다.

"그래, 내가 부탁해서 해보라고 했던 거야."

할머니가 다시 동준을 바라봤다.

"몇 옥타브까지 올라가지?"

"3옥타브까지 올라가 본 적 있어요."

"변성기는 지났고?"

"중학교 1학년 겨울방학 때요."

동준의 대답을 들은 할머니가 가만히 생각하더니 물었다.

"너희 둘은 아이돌과는 어울리지 않아. 그런데 왜 하우스에 들어가서 연습생이 된 거지?"

마른침을 삼킨 동준이가 할머니에게 말했다.

"노래를 하고 싶은데 다른 방법이 없어서요. 우리 나이에는 아이돌 연습생으로 들어가는 방법밖에 없어요."

대답을 들은 할머니가 혀를 찼다.

"너희 둘은 노래로 승부를 봐야 해. 같이 부르면 화음도 괜찮을 거 같고, 실력도 나쁘지 않은데 춤을 배운답시고 아까운 시간만 낭비했어."

"그럼, 뭐 다른 방법이 있었나요?"

반항적인 동준의 물음에 할머니는 두 사람 바로 옆에 있는 작은 문을 밀어 열었다. 무심코 고개를 돌린 동준과 미나는 깜짝 놀랐다. 방 안에 온통 방음재 역할을 하는 계란판이 붙어 있었다. 할머니가 굽은 손가락으로 방을 가리켰다.

"저기에 다른 길이 있지. 들어가 보겠니?"

동준은 살짝 머뭇거렸지만 미나는 호기심이 일었는지 호기롭게 들어섰다. 그러고는 동준에게 감탄 어린 소리로 말했다.

"오빠! 여기 완전 끝내 줘."

들뜬 미나의 말에 동준은 방 안으로 들어갔다가 깜짝 놀랐다. 벽과 천정에 빼곡하게 붙은 계란판은 둘째치고, 노래를 부를 수 있는 장치들이 완벽하게 세팅되어 있었다. 창가에 세워진 오래된 클래식 기타가 동준의 눈에 들어왔다. 바디의 전판에 사인이 있었다. 기타를 바라보는 동준을 유심이 지켜보던 할머니가 입을 열었다.

"전인권 사인이다."

"진짜요?"

"들국화 해체하고 나온 첫 번째 앨범을 만들 때 도와준 적이 있거든, 그때 받은 거야."

"만져봐도 될까요?"

동준의 물음에 할머니가 손가락을 까닥거렸다.

"자격이 되면 만지게 해주마. 내가 너희를 선택했으니 이제 너희가 증명해야 한다."

"뭘 증명해요?"

미나의 물음에 할머니가 단호하게 말했다.

"나의 선택이 맞았는지 말이다."

동준이가 물었다.

"왜 우리가 할머니의 선택을 증명해야 하죠?"

예상 밖의 대답이었는지 할머니는 알 듯 말 듯한 미소를 지었다.

"나는 마녀니까."

"네?"

"내 별명이 왜 마녀인지 아니?"

동준이 고개를 가로젓자 할머니가 오른쪽 벽을 바라봤다. 계란판이 찌그러져 있거나 부서져서 테이프로 붙인 게 보였다.

"몇 년 전 내게 배우던 친구가 주먹으로 부수고 나간 거다. 내교습법을 못 따라왔지."

"그래서 화를 내고 나갔다고요?"

"맞아. 나한테 마녀라며 화를 내고 나갔지. 그 후로 마녀라는 별명으로 불렸어."

"아."

답할 말을 찾지 못한 동준이 짧게 내뱉었다. 마녀라는 할머니는 대수롭지 않은 듯했다.

"뭐, 나쁘지는 않았어. 다들 알아서 기었으니까 말이야."

"왜 우리를 가르치고 싶다고 하신 거예요?"

"돼지우리 속에 파묻힌 진주였으니까."

다소 화가 났는지 할머니 말이 빨라졌다.

"너희 둘은 음색도 특이하고 안정적이었어. 그런데 죽어라 춤만 가르치잖아."

"아이돌이 되려면 춤을 잘 춰야 하니까요."

"춤은 음악을 완성하는 한 요소일 뿐이야. 그게 전부가 아니라고. 전부가 될 수도 없고."

"요즘 세상은 노래만 한다고 알아주지 않아요."

"세상 탓하지 마라. 세상은 잘못이 없어."

"그럼요?"

"해야 할 걸 하지 않으니까 성공하지 못하는 거야. 그러니까 손쉽게 세상 탓을 하는 거고 말이야."

단호한 할머니의 말에 동준이 반박했다.

"할머니에게 배운다고 성공하는 건 아니잖아요. 그럼 세상 탓을 하지 말고 할머니 탓을 하면 되나요?"

"성공이든 실패든 자기가 정하면 되는 거지. 열심히 했는데 안 되면 그때 다른 일을 하면 돼. 실패하는 걸 두려워할 게 아니라 그걸 어떻게 견뎌낼지를 생각해야 하지 않겠어?"

반박하던 동준은 뼈 때리는 할머니의 말에 감정이 조금은 누그러졌다.

"그러면 얼마나 트레이닝해야 하죠?"

"일 년, 수업료는 없다. 대신 일주일에 세 번은 와야 해. 한 번에 두 시간씩이다."

"일 년 동안 잘 따라가면 저 기타를 만질 수 있게 해주는 거예요?"

"물론이지."

동준은 미나를 힐끔 보고는 말했다.

"그럼 해볼게요. 그런데 무섭지 않으세요?"

"뭐가?"

"아까 마녀라고 하셨잖아요. 헨젤과 그레텔의 마녀가 어떻게 되었는지 아시죠?"

"물론이지. 마녀의 결말이 좋을 수는 없는 법이니까."

대수롭지 않다는 듯 할머니에게 말했다.

"그럼 시작해요. 어떤 것부터 하면 되나요?"

"발성부터. 문 닫고 저기 의자에 앉거라. 둘 다."

"알겠어요. 마녀 할머니."

동준이가 대답하는 사이 미나가 잽싸게 문을 닫고 의자에 앉았다. 동준이도 따라서 옆에 앉았다. 할머니는 오케스트라 지휘자가 쓰는 작은 지휘봉 같은 걸 쥐고 그 앞에 섰다. 마치 마녀가 마술봉을 들고 있는 듯했다. 미나도 같은 생각이었는지 손으로 입을 가리고 살짝 웃었다. 하지만 할머니는 개의치 않고 말했다.

"노래의 기본은 발성이다. 사람들은 노래를 성대로 한다고 생각하지만 틀렸어."

"그럼요?"

미나의 물음에 할머니는 자기 명치를 가리켰다.

"여기랑."

그리고 갈비뼈 부분을 손가락으로 주르륵 쓸었다.

"여기지. 명치에서 가슴과 복부를 가로지르는 횡격막과 갈비뼈 사이에 있는 늑간근이 호흡하게 만들어 준다. 당연히 발성도 여기서 나고 여기를 잘 써야 노래를 잘 부를 수 있어. 몸은 굉장히 멋진 악기다. 횡격막과 늑간근을 이용해서 노래를 부르는 걸 복식호흡이라고 하는데 기억나니?"

마녀 할머니의 물음에 미나가 고개를 끄덕였다.

"네, 작년에 트레이닝해 주셨을 때 말씀해 주셨잖아요."

미나의 대답을 들은 마녀 할머니가 다시 물었다.

"그럼 복식호흡은 어떻게 한다고 했는지 말해보렴."

"최대한 편안한 상태에서 배를 이용해서 자연스럽게 숨을 쉬고 밀어내야 한다고 하셨어요."

"도움이 되었니?"

오빠인 동준의 얼굴을 슬쩍 본 미나가 대답했다.

"별로 도움이 안 되었어요."

"왜?"

"할머니가 복식호흡을 하려면 최대한 편안한 상태여야 한다고 하셨잖아요. 그런데 다른 보컬 선생님들은 항상 자세를 취한 상태에서 바로 시작하라고 했어요. 그건 호흡을 가다듬고 편안한 상태랑은 거리가 멀어요."

"사실 요즘 세상에서 복식호흡을 하는 건 쉽지 않은 일이야. 항상 긴장과 스트레스 속에서 살아야 하니까. 여기 바닥에 누워보렴."

동준과 미나가 노란색 장판이 깔린 바닥을 내려보고만 있자 할머니는 거듭 채근했다. 둘은 결국 바닥에 누웠다. 계란판이 빼곡하게 붙은 천정을 응시하는데 갑자기 할머니의 얼굴이 불쑥 시선 끝에서 치고 들어왔다.

"자, 명치에 손을 올려놓고 숨을 크게 쉬어보거라. 최대한 크게 들이쉬고 천천히 내뱉어봐."

둘은 할머니가 시키는 대로 숨을 크게 들이쉬었다가 내뱉었다. 명치가 한껏 부풀어 올랐다가 풍선처럼 꺼지는 걸 느낀 미나가 신기하다는 듯 중얼거렸다.

"와, 이렇게나 크게 움직이네."

"복식호흡보다는 횡격막 호흡이라고 부르는 것이 옳아. 사람을 비롯한 척추동물의 몸속에는 횡격막이 있지. 횡격막은 숨을 쉬는 폐와 닿아있어서 아래쪽으로 누르면 자연스럽게 폐도 늘어나게 되어 많은 양의 공기를 밀어 넣을 수 있어. 그 공기를 천천히 내쉬면서 노래를 부르면 좀 더 안정적인 음이 나올 수 있지."

"그럼, 복식호흡을 잘하면 노래를 잘할 수 있는 건가요?"

동준의 물음에 내려다보던 마녀 할머니가 고개를 저었다.

"아니. 하지만 이걸 제대로 하지 못하면 나머지는 시작도 하지 못해. 자, 편안하게 마음 먹고 숨을 천천히 들이쉬었다가 내쉬어 봐. 급하게 하거나 일부러 하지 말고 천천히 숨을 쉬듯 말이야."

할머니가 시키는 대로 하던 미나가 물었다.

"배가 계속 들어갔다 나왔다 하는데 괜찮은 건가요?"

"배가 서서히 나오게, 다시 서서히 들어가게 하면 된다. 일부러 배가 나오게 하는 것이 아니라 편안한 상태에서 숨을 들이쉬면 배가 나오고, 내뱉을 땐 들이마셨던 공기가 자연스럽게 나가면서 배가 들어가도록 해야 해. 복식호흡이 익숙해지면 등이나 옆구리가 부풀어 오르기도 하지. 하지만 그 단계까지 가려면 다 잊어버려야 한단다. 내가 방금 했던 얘기까지 말이야."

동준은 할머니의 얘기를 듣고는 반박했다.

"숨을 들이쉬고 내뱉는 것조차 잊으라고요? 무대에서는 불가능해요."

"무대를 편안하게 생각하면 되지. 춤이나 율동을 빼면 말이야."

"우리, 노래만 불러도 돼요?"

"그래, 둘이 나란히 무대에서 노래를 부를 거야. 춤이랑 율동 대신 악기를 가지고 말이야."

할머니의 말에 동준이는 살짝 들떴다. 춤은 몇 년 동안 배웠어도 내 것이라는 생각이 들지 않았기 때문이다. 월간 평가에서 떨어지지 않기 위해, 무대에 오르고 싶다는 막연한 생각에 억지로 배운 것뿐이었다.

문득 예전 기억이 떠올랐다. 어린 시절 아버지를 따라 쇼핑몰에 놀러 갔을 때였다. 로비에 가설무대가 있었는데 청바지에 청재킷 차림의 가수가 조용히 노래를 부르고 있었다. 아버지는 그냥 지나쳤지만 동준은 발걸음을 멈추고 아버지의 재촉에도 무릅쓰고 끝까지 들었다. 나중에 확인해 보니 전인권 4집 앨범에 수록된 〈걱정말아요. 그대〉라는 노래였다. 동준은 그 사람처럼 노래를 부르고 싶어 연습하고 또 연습했다. 엄마와 아빠가 있는 하우스 엔터테인먼트의 오디션에서도 〈걱정말아요. 그대〉를 불러서 합격했다. 하지만 합격 직후 엄마는 동준을 따로 불러 말했다. 아이돌에게는 어울리지 않는 노래니까 앞으로는 부르지 말라고.

상심했지만 무대에서 노래를 하고 싶다는 생각에 동준은 고개를 끄덕이고 말았다. 그때의 기억이 나자 동준은 저도 모르게 눈물을 주르륵 흘렸다. 그걸 본 미나가 속삭였다.

"오빠, 엄마 아빠 생각해?"

민망해진 동준이 아무 말도 못하자 미나가 손을 꼭 잡아줬다.

"내가 지켜줄게."

동준은 미나에게 고맙다는 눈짓을 했다. 할머니는 그런 둘을 내려다보며 말했다.

"아까 복식호흡만 잘한다고 노래를 잘 부르는 건 아니라고 했지?"

"네."

"더 중요한 건 후두와 성구의 안정된 상태를 유지하면서 노래해야 하는 거야. 그걸 성구 전환이라고 한다."

"예전에 보컬 선생님께 들은 적이 있어요."

"아마 낮은 음과 가온음, 높은음을 자연스럽게 연결해서 부르는 거라고 했겠지. 하지만 어떻게 연결하는지에 대해서는 말해주지 않았을 거야. 그렇지?"

할머니의 얘기에 동준은 누운 채 고개를 끄덕거렸다.

"음과 음의 연결 부분을 브릿지라고 부르지. 거기서 실수를 해서 이상한 음이 나오는 걸 피치 브레이크라고 하고 말이야. 보통은 '삑사리'라고 부르지."

할머니의 설명에 미나가 키득거렸다. 미나의 웃음이 그치기를 기다려 동준이가 할머니에게 물었다.

"그게 우리가 배울 건가요?"

"그래, 차근차근 알려주마."

"그러면 우리는 뭘 해드려야 하죠? 레슨비도 안 받으신다고 하고…."

동준의 물음에 할머니는 의미심장한 미소를 지었다.

"그건 차차 알려주마."

"…"

"다시 일어나서 의자에 앉거라. 오늘은 복식호흡을 편안하게 하는 걸 더 배워보자."

할머니의 얘기를 들은 둘은 바닥에서 일어나 의자에 앉았다. 둘의 표정을 본 할머니가 말했다.

"아까보다는 편안해 보이는구나. 하지만 이제 시작이다."

"힘든 건 괜찮아요. 버틸 희망만 있다면요."

동준의 말에 할머니가 지휘봉을 가볍게 휘두르며 답했다.

"희망을 보여주지. 하지만 제대로 따라오지 못하면 끔찍한 악몽이 될 거야."

🐵🐵🐵

할머니는 복식호흡부터 시작해 몇 달 동안 두성과 흉성, 아쁘

좌, 샤우팅까지 차례차례 훈련하게 시켰다. 가성을 잘 내는 미나를 위해서는 따로 트레이닝 시간을 가졌다. 노래는 아주 무섭게 지도했다. 정말 마녀 같다며 미나는 눈물을 보이기도 했다. 그럼에도 둘은 차분하게 따라갔다. 할머니는 먹는 것도 제한시켰다. 목에 무리가 간다는 이유였는데 덕분에 맛없는 오트밀이나 샐러드를 주로 먹어야 했다. 동준은 힘들 때마다 전인권 사인이 있는 기타를 바라보면서 견뎠다. 그러던 어느 날, 안부를 묻는 카톡이 하나 왔다. 연습할 때는 무음으로 해놓기 때문에 쉬는 시간에 되어서야 확인했다. 카톡에 적힌 이름을 본 동준이 고개를 갸웃했다. 부엌에서 물을 마시고 들어온 미나가 물었다.

"여자 친구야?"

"지안이야. 이지안."

"걔가 왜?"

"걔라니, 너보다 몇 살이나 많은데."

"흥, 그런 게 어딨어."

미나가 입을 삐죽 내밀고 투덜거리는 사이 카톡이 하나 더 왔다. 이번에는 심상치 않은 내용이라서 툴툴거리던 미나 역시 입을 다물었다. 동준 역시 충격을 받았는지 입을 다물지 못했다.

"데이빗이?"

중얼거리는 와중에 세 번째 카톡이 왔다. 고개를 길게 빼고 쳐다보던 미나가 말했다.

"오빠, 만날 거야?"

잠시 고민하던 동준이가 '어디서 만날까'라는 답을 남겼다. 잠시 후 개봉역에 있는 카페에서 보자는 톡이 왔다. 동준의 눈치를 보던 미나가 말했다.

"나도 같이 갈까?"

"나 혼자 만날게."

"알았어. 올 때 그 옆 분식집에서 순대 사 와."

"그럴게."

잠시 후 누군가와 통화를 하느라 거실에 있던 할머니가 돌아왔다. 둘은 자연스럽게 얘기를 멈추고 할머니를 바라봤다.

"오늘은 일이 있어 외출을 해야 할 거 같다. 오늘 수업은 여기까지."

할머니의 말이 끝나자 동준이가 물었다.

"같이 나갈까요?"

"먼저 가거라. 나는 좀 정리를 해야 할 게 있어서."

할머니는 가끔 누군가와 통화를 하거나 만날 때가 있었다. 누구와 얘기하고 만나는지 궁금했지만 따로 묻기엔 애매해서 그냥 넘어가곤 했다. 하지만 동준은 할머니가 뭔가를 준비하고 있다고 생각했다. 그게 무언지는 모르겠지만 말이다.

인사를 하고 밖으로 나온 동준이와 미나는 마을버스를 탔다. 처음 이곳에 왔을 때는 초여름이었는데 이제는 쌀쌀한 바람이 부는 가을의 끝자락이다. 몇 달 동안 오가면서 낯이 익은 마을버스 기사에게 인사를 하고 자리에 앉았다. 잠시 후 출발한 마을버스는 몇 개의 정거장을 거쳐 개봉역에 도착했다. 우르르 내리는 사람들을 뒤따라 내린 동준은 미나에게 잘 가라는 손을 흔들고 큰길 뒤쪽에 있는 카페로 향했다.

카페에 들어선 동준은 1층 창가에 앉은 이지안을 발견했다. 인기척을 느끼자 하얀색 베레모를 쓴 지안이가 고개를 돌렸다.

"오랜만이네. 잘 지냈어?"

"그럭저럭. 뭐 마실래?"

"사주는 거야?"

장난기 어린 지안의 물음에 동준은 고개를 끄덕였다. 카운터로 가서 주스를 주문하고 진동벨을 받은 다음 자리로 돌아왔다. 외투를 벗어서 옆자리에 놓은 동준에게 지안이가 물었다.

"마녀한테 보컬 레슨 받는다며?"

"어, 연습실이 이 근처야. 그런데 어떻게 알았어?"

"알음알음. 그 할머니 레슨비 비싸다던데?"

뭔가를 캐내려는 듯한 물음에 동준은 슬쩍 거짓말을 했다.

"지금은 조금만 받아. 나중에 데뷔하면 한꺼번에 내래. 레슨 끝나고 알바하면서 돈 버는 중이야."

"내년에 고3이네. 너나 나나."

진동벨이 울리면서 둘의 대화가 잠시 끊겼다. 카운터로 가서 주스를 받아온 동준이 말했다.

"지금은 노래 연습하는 데 집중하려고."

"확실히 좋아 보이네. 얼굴도 환해지고 말이야."

"너는 어떻게 지내?"

"몇 달 쉬다가 다른 기획사 들어갔어. 런닝걸스라는 걸그룹 런 칭하는데 데뷔 조로 넣어준다고 해서 말이야."

"다행이네. 그동안 열심히 했잖아."

또 대화가 끊겼다. 머뭇거리던 지안이 주스를 한 모금 마셨다.

"너무 나서는 건 아닌가 싶어서 고민했어."

"뭐가?"

"카톡 보냈잖아. 데이빗이 데뷔 준비하고 있다고."

"나한테는 데이빗도 같이 내보낸다고 했는데…. 원래 엄마 아 빠는 사고 치면 관련자 모두 쫓아냈잖아."

"원칙을 지킬 만한 상황이 아니야, 거기."

"그래서 데이빗은 어떻게 데뷔 준비하는 건데?"

"아버지가 잘나가는 변호사잖아. 그쪽에서 돈을 좀 받았나 봐. 쉬쉬하고 있긴 한데 소문이 퍼지면서 연습생들이 상당히 나가버 렸어. 성호랑 준섭이, 미나랑 같이 들어온 에일린까지."

"다 잘하는 얘들이잖아."

"열심히 하면 데뷔시켜 준다고 해서 몇 년 동안 굴렸는데 데 이빗이 먼저 데뷔하게 됐으니 미련이 사라진 거지. 거기다 작년에 런칭한 걸그룹에 쏟아부은 돈이 만만치 않았잖아."

"아무리 그래도 너무하네."

동준은 애써 태연하게 말했지만 속으로는 부글거렸다. 더군다나 동생인 미나까지 같이 쫓겨나야 했던 터라 더더욱 화가 났다. 그런 동준을 본 지안이 조심스레 입을 열었다.

"〈소년 왕국 24〉 프로그램 알아?"

"재작년에 케이블에서 했던 〈소녀 왕국 24〉랑 비슷한 거야?"

"어, 같은 방송국에서 진행하나 봐. 듣기로는 데이빗을 거기 출전시켜 인지도를 높인 다음 데뷔시키려는 거 같아. 엊그제 관둔 댄스 선생님이 그랬어."

동준이 아무 말도 없자 지안이 한숨을 쉬었다.

"네가 나가서 데이빗 좀 물 먹여줬으면 좋겠어. 겸사겸사 아빠랑 엄마도."

"내가 나간다고 데이빗이 타격을 입겠어?"

"걔 요즘 통기타 연습해."

"통기타를?"

"걔 별명이 뭐였는지 알지?"

"춤 선이 뻣뻣해서 통나무였잖아."

동준의 대답에 지안이 가볍게 웃었다.

"그래서 갑자기 방향을 바꿨나 봐. 가성에 샤우팅까지 장난 아니라더라."

"…"

"너랑 미나가 듀엣으로 출전하면 어때? 첫 번째 관문이 버스킹이거든."

"버스킹?"

"응, 홍대나 압구정 같은 곳에서 버스킹을 하고 그 영상을 올리면 조회수로 24명을 뽑아서 본선 시작이야. 네가 나간다고 하면 나랑 애들이 화력을 모아줄게. 다들 춤을 무기로 들고나올 걸. 기타 치고 노래 부르는 애는 몇 명 없을 거야."

지안의 말을 들은 동준은 가볍게 한숨을 쉬었다. 몇 달 동안 할머니에게 노래를 배우면서 자신감이 붙긴 했지만 진짜 무대에 서면 어떨지. 그런 동준의 모습을 본 지안이 주스를 한 모금 더 마시고는 일어났다.

"생각해 보고 얘기해줘. 기다릴게."

지안이 카페 밖으로 나간 후에도 동준은 한동안 자리에 앉아 있었다. 그러다가 문득 생각이 났는지 벌떡 일어나 옆에 있는 분식집으로 향했다. 미나가 부탁한 순대를 주문하는데 카톡이 왔다. 방금 헤어진 지안인 줄 알았는데 뜻밖에도 할머니였다.

내일은 연습실로 오지 말고 홍대로 와라.

그리고 주소가 링크로 딸려 왔다.

'대체 무슨 일이지?'

휴대폰을 보고 중얼거리던 동준은 주문한 순대가 포장되었다는 소리에 퍼뜩 정신을 차렸다.

🐵🐵🐵

다음 날, 동준은 미나와 함께 홍대로 향했다. 지하철역 근처에 있는 빌딩 6층에 들어서자 거대한 로비 창가 자리에 할머니가 안경을 쓴 아저씨와 함께 앉아 있었다. 동준이와 미나가 다가가 인사를 하자 할머니가 안경 쓴 아저씨를 바라보면 말했다.

"얘네들입니다."

안경을 끌어 올린 아저씨가 동준과 미나를 위아래로 살펴봤다.

"스타성은 보이지 않지만 여사님이 보증했으니 일단 해보죠."

"고맙습니다. 테스트는 안 해봐도 되나요?"

할머니의 물음에 안경 쓴 아저씨가 피식 웃었다.

"여사님이 보증하셨잖아요. 코디랑 콘셉트는 회의해서 알려드리죠. 대충 보니 남자아이는 청재킷에 청바지 입히면 될 거같고, 여자아이는 좀 어려 보이게 코디하면 어울릴 거 같네요."

"그럼 잘 부탁드립니다."

안경 쓴 남자가 자리를 뜨자 할머니가 둘을 바라봤다.

"케이블 방송국에서 〈소년 왕국 24〉라는 서바이벌 프로그램을 할 거야. 알고 있니?"

미나는 어리둥절해했지만 동준은 고개를 끄덕였다.

"들었어요."

"홍대를 비롯해 지정된 장소에서 버스킹을 하고 현장 반응과 촬영한 영상의 호응을 통해 본심으로 올라갈 24명을 뽑는다는구나. 너희 둘은 거기 나갈 거야."

"소년 왕국인데 저는 안 되잖아요."

미나의 물음에 마녀 할머니가 고개를 저었다.

"일대일은 가능해. 남자 한 명에 여자 한 명이 듀엣으로 나가는 식으로."

"저랑 미나가 나간다고요?"

"그래, 내 선택이 틀리지 않았다는 걸 증명해다오."

"우리가 그럴 능력이 될까요?"

동준이 입을 열자 마녀 할머니가 의미심장한 미소를 지었다.

"스스로를 믿는다면 가능하지. 헨젤과 그레텔이 마녀의 손아귀에서 벗어난 것처럼 말이야."

동준이가 물끄러미 바라보자 할머니는 선글라스를 쓰면서 의자에서 일어났다.

"사흘 후 버스킹 촬영이다. 자리를 자주 비워야 할 테니 연습 빼먹지 말고."

🐨🐨🐨

사흘이 지나고, 동준과 미나는 마녀 할머니와 함께 만난 아저씨와 함께 버스킹을 준비했다. 6층 로비 한쪽에서 준비한 의상을 입고 메이크업을 받았다. 며칠 사이 케이블 방송국에서 〈소년 왕국 24〉에 대한 대대적인 홍보를 했고 많은 참가자가 버스킹을 했다. 대부분 댄스와 노래를 함께 선보였다. 사람들이 많이 오가는 거리에서 눈길을 끌려면 가장 좋은 방법이었다. 반면 동준은 청재킷에 청바지 차림이라 눈에 띄지 않았다. 미나 역시 꽃무늬 치마에 빨간 리본을 머리에 맨 정도다. 가볍게 메이크업을 끝낸 둘에게 안경 쓴 아저씨가 말했다.

"카메라 의식하지 말고 자연스럽게 불러. 호응을 유도하는 건 좋지만 오버하진 말고."

"네."

"여사님이 입에 마르게 칭찬하셨다. 실망하게 하지 마라."

경고인지 응원인지 애매한 말을 남긴 아저씨를 뒤로하고 동준과 미나는 홍대 거리로 나섰다. 예약해 둔 자리엔 마이크와 앰프가 설치되어 있었고, 구경꾼 몇 명이 지켜보다가 둘을 보고는 실망했는지 발걸음을 옮겼다. 마이크 앞에 선 동준은 긴장감에 가슴이 터질 것 같았다. 그런 동준의 손을 미나가 꼭 잡았다.

"잘 받쳐줄 테니까 걱정하지 마."

비로소 안정감을 찾은 듯 동준은 스텝이 건네준 기타를 잡았다. 그런데 주변을 살펴보던 미나가 동준의 옆구리를 꾹 찔렀다.

"왜?"

"저기 데이빗."

운명의 조화인지 같은 시간, 같은 장소에 데이빗도 버스킹을 준비 중이었다. 야구 모자를 푹 눌러썼지만 어렵지 않게 알아볼 수 있었다. 구경꾼이 제법 많았는데 그중 엄마와 아빠의 모습도 보였다. 물끄러미 쳐다보던 동준에게 미나가 말했다.

"콧대를 납작하게 눌러주자."

용기를 낸 동준이 가볍게 기타 줄을 튕기면서 리듬을 탔다. 그 소리를 들은 구경꾼 몇 명이 걸음을 멈추고 호기심 어린 눈으로 쳐다봤다. 간단하게 기타 연주를 마친 동준이 마이크 앞에 섰다.

"안녕하세요. 저는 한동준, 그리고 옆에는 제 여동생 한미나입니다. 〈소년 왕국 24〉 본선에 도전하기 위해 여기 섰습니다만 좋아하는 노래를 부를 수 있다는 사실이 행복할 뿐입니다. 제가 들려드릴 노래는 전인권의 〈걱정 말아요. 그대〉입니다."

몇 명이 박수를 쳤지만 대부분은 한번 해보라는 표정이었다. 기타 줄을 튕기면서 마녀 할머니에게 배운 대로 동준은 천천히 노래를 시작했다.

그대여 아무 걱정 하지 말아요.

우리 함께 노래합시다.

그대 아픈 기억들 모두 그대여

그대 가슴에 깊이 묻어 버리고

지나간 것은 지나간 대로

그런 의미가 있죠.

떠난 이에게 노래하세요.

후회 없이 사랑했노라 말해요.

　동준은 마치 꿈을 꾸는 것 같았다. 수없이 많은 춤과 노래를 연습하고, 땀과 눈물 속에서 찾으려 했던 무대가 펼쳐졌기 때문이다. 마음이 안정되면서 호흡은 더없이 편안해졌다. 미나가 다음 구절을 부르는 동안 동준은 힐끗 데이빗을 바라봤다. 그쪽에 있던 구경꾼들이 동준의 노래를 듣기 위해 움직이고 있었다. 아빠와 엄마의 얼굴에 곤혹스러운 표정이 일었다. 동준은 노래의 나머지 부분을 부르기 시작했다.

지나간 것은 지나간 대로

그런 의미가 있죠.

우리 다 함께 노래합시다.

후회없이 꿈을 꾸었다 말해요.

　노래를 마치자 정적이 흘러 순간적으로 놀랐다. 하지만 곧 엄

청난 박수와 환호성이 쏟아졌다. 다들 핸드폰으로 영상을 촬영하느라 바로 박수를 치지 못했던 것이다. 뒤이어 앙코르라는 외침이 점점 더 커졌다. 동준은 미나를 바라봤다. 미나가 어깨를 으쓱거렸다. 두 사람에게 박수가 별빛처럼 쏟아지고, 앙코르에 화답해 준비한 노래를 몇 곡 더 불렀다.

동준과 미나는 마침내 감사하다는 말과 함께 깊게 고개 숙여 인사를 하고 무대를 마쳤다. 안경 쓴 아저씨의 촬영팀 말고도 케이블 방송국 촬영팀도 따로 촬영한 후 철수했다. 삼각대를 접던 카메라 감독이 동준을 보고는 엄지손가락을 치켜들었다. 버스킹을 마친 동준은 바로 할머니를 찾았다. 하지만 어디에도 보이지 않았다. 대신 카톡이 왔다.

잘 마쳤니? 며칠 갔다 올 곳이 있어서 연습실을 비우마.
다음 공연도 잘해라.

살짝 서운했지만 첫 공연의 성공에 기분이 좋아진 동준이 미나에게 말했다.

"어디 가서 따뜻한 거 먹자."

미나는 대답 대신 어딘가를 바라봤다. 미나의 시선 끝에 급하게 다가오는 엄마와 아빠의 모습이 보였다. 엄마가 동준의 두 손을 꼭 잡았다.

"노래 잘 부르더라. 할머니가 잘 가르쳤구나."

엄마 옆에 있던 아빠는 덤덤하게 말했다.

"얘기 좀 할 수 있겠니? 오해를 풀어야 할 거 같아서 말이야."

동준은 아빠를 보면서 말했다.

"여기서 하시죠."

"안 그래도 연락하려고 했는데 일이 좀 바빴어. 이제 돌아와 다오. 새로 계약을 맺자. 이번 방송 끝나면 바로 데뷔시켜 줄게."

계약과 데뷔라는 말에 동준의 눈이 살짝 커졌다. 지난 3년간 연습생 중에서 정식으로 계약을 맺은 건 작년에 데뷔했던 걸그룹 4명뿐이었다. 계약을 맺는 순간 대접이 완전히 달라지는 걸 눈으로 봤던 동준은 아빠의 말에 몹시 흔들렸다. 동준이 대답하지 않자 엄마도 거들었다.

"미나도 같이, 둘이 악뮤처럼 만들어줄게. 응."

엄마까지 가세하자 동준은 몇 달 동안 가슴에 안고 있던 응어리가 풀리는 걸 느꼈다. 그런 동준의 손을 미나가 꽉 잡았다. 따로 얘기하자는 둘만의 신호였다.

"생각 좀 해 보고 말씀드릴게요."

동준이 대답했다.

"그래, 언제든 연락다오."

아빠의 말을 뒤로 하고 둘은 지하철역으로 향했다. 나란히 걷던 미나가 코웃음을 쳤다.

"데이빗이 노래를 엉망으로 했나 보네. 그러니까 바로 태세
전환을 하지."

"그래도 엄마 아빠잖아."

"보면 모르겠어. 우리를 이용할 생각만 하는 거?"

"지켜보자. 일단 공연에 집중하고 말이야."

지하철역 계단을 내려가던 둘은 안경 쓴 아저씨를 보고 깜
짝 놀랐다. 안경을 끌어 올리며 아저씨가 둘을 말없이 바라봤다.

복도를 천천히 걸어가던 동준이 문에 붙은 숫자를 확인했다.

"1213, 1214, 1215! 여기네."

같이 걷던 미나가 1215라는 숫자가 적힌 문을 열고 들어갔다.
들어서자마자 소독약 냄새와 가습기가 돌아가는 소리가 들렸다.
놀란 동준이 머뭇거리는 사이 미나가 말했다.

"저기 계셔."

병실 안쪽에 있는 침대에 산소호흡기를 쓴 마녀 할머니가 누
워있고 옆에는 간병인이 있었다. 인기척을 느낀 할머니가 산소
호흡기를 천천히 벗더니 간병인에게 무슨 말인가를 했다. 간병
인이 일어나 나가자 할머니가 다가오라는 손짓을 했다.

"여긴 어떻게 알고 왔니?"

할머니의 물음에 동준이 대답했다.

"아저씨가 알려줬어요."

할머니가 혀를 차더니 천정을 올려다보며 중얼거렸다.

"말하지 말라고 그렇게 당부했건만."

"그동안 병원에 다니셨던 거예요? 우리 몰래?"

"공연을 앞두고 신경 쓰게 하고 싶지 않았다."

"공연은 잘 마쳤어요."

"영상 보내준 거 봤다. 발성이 아주 많이 나아졌더구나. 다만, 노래할 때 몸을 왼쪽으로 살짝 비트는 건 주의해라."

"그럴게요. 그러니까 얼른 일어나세요."

"마녀도 최후를 맞이할 때가 있는 법이지."

"열심히 노래하면서 일어나시길 기다릴게요."

가까이 다가간 동준이 이불 밖으로 삐져나온 할머니의 마르고 앙상한 손을 살포시 쥐었다. 할머니의 주름진 얼굴에 미소가 피어났다.

"다음번 공연은 연습실에 있는 기타로 연주해도 좋아."

"진짜요?"

"그래, 이제 그 기타는 네 거야."

"고맙습니다. 더 열심히 연습할게요."

"병실에서 지켜보마. 헨젤과 그레텔처럼 너희의 해피엔딩을 기대할게."

얘기를 마치고 나온 동준은 문 앞에서 휴대폰을 꺼내 엄마와 아빠에게 제안을 거절하겠다는 카톡을 보냈다. 그러고는 두 사람을 차단해 버렸다. 홀가분해진 동준에게 미나가 물었다.

"할머니가 말한 헨젤과 그레텔은 어떻게 끝나?"

미나의 어깨에 손을 올린 동준이 웃으며 대답했다.

"가면서 얘기해줄게."

작가의 말

요즘 학생들을 만나보면 많은 친구가 아이돌을 꿈꾸더군요. 하지만 실제로 만나 본 아이돌 연습생들은 하나같이 힘들어했습니다. 끊임없이 경쟁해야 하고 테스트를 계속 받아야 했기 때문이죠. 아이돌 연습생들이 어떤 과정을 거치는지는 이 작품 안에 살짝 녹여냈습니다. 쉽지 않은 일에 도전하는 그들을 응원합니다.

이 작품은 그림 형제의 동화 〈헨젤과 그레텔〉을 모티브로 했습니다. 독일 지역에서 15세기부터 전해져 내려오는 이야기를 재창조한 이 동화는 부모에게 버림받은 남매가 우여곡절 끝에 마녀에게 잡아먹힐 위기를 넘긴다는 내용입니다. 마지막은 부모에게 돌아가는 해피엔딩으로 끝나는데요. 저는 이 동화를 읽을 때마다 궁금했습니다. 부모가 어떻게 자식을 숲속에 버릴 생각을 했는지 말이죠.

중세 독일에서는 식량이 없다는 이유로 자식을 죽이거나 버리는 일이 비일비재했다고 해요. 먹고 살려면 가족의 입을 줄여야 했고, 그 대상은 주로 어린아이들이었습니다. 헨젤과 그레텔 역시 부모에 의해 버려졌습니다. 현실이라면 비극으로 끝났겠지만 동화라서였는지 원작 〈헨젤과 그레텔〉은 행복한 결말을 맞았습니다.

여기서 저의 두 번째 의문이 생겼습니다. 다시 돌아온 자식과 부모가 정말 행복하게 지냈을까요? 과연 헨젤과 그레텔은 자신을 두 번이나 버린 부모에게 온전히 의지할 수 있었을지 말입니다. 더군다나 그림 형제는 이런 말도 안 되는 상황을 납득시키기 위함이었는지 어머니를 계모로 설정했습니다. 계모라면 가족 간의 화합이 어려울 수 있다고 본 거겠죠.

어쨌든 동화와 고전에 등장하는 빌런들은 다양한 이유로 주인공을 괴롭힙니다. 그리고 그것은 이야기를 끌고 가는 주요 장치로서 존재합니다. 하지만 중요한 건 과연 누가 빌런인지 생각해 보는 것입니다. 그리고 빌런이 나쁜 짓을 저지르는 이유에 대해 고민해 보는 것입니다. 저는 그들이 왜 그런 짓을 저질렀고 현대의 시선으로 보면 어떻게 바뀔지 그것을 아이돌 연습생의 상황으로 비유해 봤습니다. 그리고 이에 대한 해석은 여러분의 몫입니다.

친절한 늘봄씨

∧∧∧∧∧∧

박영순

∧∧∧∧∧∧

원작 《놀부전》에 대하여

옛날에 흥부와 놀부라는 형제가 살았습니다. 부모님이 돌아가신 뒤 형 놀부는 물려받은 재산을 독차지하고 동생 흥부는 돈 한 푼 주지 않고 내쫓아버렸습니다.

흥부는 절망적인 상황 속에서도 가족을 먹여 살리기 위해 열심히 살아갔지만 흥부의 살림은 좀처럼 나아지지 않았습니다. 굶주리는 자식들을 보다 못한 흥부는 형 놀부에게 쌀이라도 얻어보려 갔지만 인심 사나운 놀부 아내에게 주걱으로 얻어맞고 되돌아오곤 했습니다. 그러던 어느 날, 자기 집 처마에 살던 새끼 제비들이 구렁이에게 잡아먹힐 위험에 빠진 것을 딱하게 여긴 흥부가 몽둥이를 들어 구렁이를 쫓아냈고, 그 과정에서 새끼 제비 한 마리가 둥지에서 떨어져 다리가 부러지고 말았습니다. 흥부는 자기 옷 조각으로 다리를 묶어 그 제비를 치료해 주었습니다.

흥부 덕분에 건강하게 자란 제비는 겨우내 따뜻한 곳으로 떠났다가 봄이 되어 돌아와 박씨 하나를 흥부에게 전해

주었습니다. 흥부가 정성스레 심은 박씨는 얼마 안 가 거대한 박으로 자랐습니다. 배고픔에 흥부 가족은 박 속이라도 긁어 먹으려 갈랐어요. 그런데 그 속에서 예상도 못 한 온갖 곡물과 금은보화, 고래 등 같은 기와집이 나와 순식간에 큰 부자가 되었습니다.

동생의 소식을 들은 놀부는 동생을 찾아갔습니다. 흥부에게 비결을 듣고 욕심이 생긴 놀부는 곧장 집으로 와 자기 집 처마에 둥지를 튼 제비 한 마리를 잡아 다리를 부러뜨린 후 다시 고쳐주었습니다. 이듬해 봄, 놀부는 자신이 다리를 부러뜨렸던 제비가 물고 온 박씨를 심었습니다. 놀부네 박씨도 흥부네처럼 거대한 박으로 자랐습니다. 놀부는 더 이상 참지 못하고 박속을 갈라 보았지만 박 속에서 나온 건 흥부네와 아주 달랐습니다. 거지 패거리와 도둑들, 도깨비와 오물 등이 박에서 나와 놀부의 재산을 도둑질하고, 놀부와 처를 마구 두들겨 패고는 살던 집까지 때려 부숴 하루아침에 거지 신세가 되고 말았죠. 형의 소식을 들은 착한 흥부는 자기 집에 놀부의 가족들을 데려와 이전처럼 함께 살기로 했습니다. 그제야 자기 잘못을 깨달은 놀부가 개과천선하면서 흥부와 우애롭게 살았습니다.

늘봄이라는 독특한 이름을 가진 대가로 나는 초등학생 시절부터 친구들에게 느림보, 나무늘보, 람보, 놀부 같은 별의별 별명으로 불리며 시달려야 했다. 그렇지만 내가 개명 리스트까지 만들어 가며 이름을 바꾸고 싶어 했던 건 꼭 그런 이유에서만은 아니었다.

오히려 친구들에게 별명으로 불릴 때마다 늘 곁에서 보살펴 주겠다는 결심을 담아 아빠가 직접 지어준 이름의 속뜻을 친구들에게 읊어주며 나 스스로 당당해지려 애쓰곤 했다.

하지만 그런 노력이 무색하게도 부모님은 내가 중학교에 입학할 무렵, 오랜 갈등 끝에 이혼을 했고 아빠는 새로운 직장을 구해 조금 먼 곳으로 이사해 따로 살게 되었다.

아빠가 짐을 챙겨 집을 나가던 날부터 나는 〈개명 리스트〉라 이름 붙인 노트에 맘에 드는 이름을 보거나 생각날 때마다 하나씩 적어 나가기 시작했고, 노트에 적힌 이름의 개수는 어느새 백여 개를 넘어섰다. 나는 조만간 가장 마음에 드는 이름 하나를 골라 개명 신청하겠노라 마음먹었지만 그럴 때마다 아빠 특유의 불쌍한 강아지 같은 침울한 표정이 떠올라 차마 실행에 옮기지는 못하고 있었다.

"너는 네 아빠처럼 살면 안 돼. 세상은 루저에 관심이 없어. 뭘하든 위너가 돼야 해."

"잘살고 있는 아빠가 뭐 어때서 그래?"

엄마가 수시로 아빠를 빗대어 이런 이야기를 할 때마다 나는 세뇌라도 당하는 기분이 들어 머리가 지끈거렸다.

"얘, 그 나이에 쥐꼬리 같은 월급 받으면서 밴드한다고 기타나 치러 다니는 게 잘살고 있는 거니?"

"본인이 만족하고 행복하면 되는 거지."

"어이구. 넌 참 마음도 넓다. 그래도 아빠라고 편드는 것 좀 봐."

엄마는 입술을 비죽거리며 다시 티비로 시선을 돌렸다. 엄마는 항상 자신의 모든 불운이 아빠 탓인 양 말하지만 두 사람이 원치 않은 결혼을 억지로 한 것도 아니고 엄마와 아빠의 관계가 항상 이랬던 것만도 아니었다.

🐎🐎🐎

엄마와 아빠는 오래전 가수 데뷔를 앞둔 연습생과 같은 소속사의 신인 작곡가로 만나 첫눈에 사랑에 빠졌다고 한다. 두 사람은 회사의 눈을 피해 데이트를 즐기며 연애를 시작했지만 얼마 지나지 않아 엄마 뱃속에 내가 자리 잡으며 비밀 연애는 들통이 나버렸고, 결국 두 사람은 나란히 소속사에서 해고되어 한때 음악 업계에서 창창할 뻔한 경력은 피지도 못하고 끝나버렸다고 한다.

"엄마도 소속사에서 꽤 유망주였어. 그때 네 아빠 안 만났으면 지금 쟤네보다 더 잘 나가는 가수가 되었을지도 모른다니까?"

엄마는 소파에 기대어 티비 화면 속 가수들을 보며 말했다.

"뭐야? 결국 나 때문에 가수 못 되었다는 거야? 엄마. 자식한테 그런 말하는 것도 정서적 학대야."

"학대라니? 얘가 엄마한테 못 하는 소리가 없어? 그런데 너 학원 갈 시간 아냐?"

"어… 이제 나갈 거야."

보컬 트레이닝을 받으러 학원에 갈 시간이었지만 오늘따라 학원에 가는 것이 내키지 않았다.

엄마의 영향인지 물려받은 재능 탓인지 나 역시 어릴 적부터 막연하게 가수를 꿈꾸었지만 딸의 재능을 확신했던 엄마의 기대와는 다르게 번번이 오디션에서 낙방했고 엄마는 나를 아빠의 후배가 운영하는 유명 실용 음악학원에 보내 혹독한 트레이닝을 받게 했다. 엄마는 거기서 그치지 않고 이혼한 아빠를 들들 볶아 아는 사람의 아는 사람들과 오래전 소속사 시절의 인맥까지 총동원해 유명 프로듀서와의 단독 오디션 자리를 만들었고 그날이 얼마 남지 않은 상황이었다.

하지만 보컬 학원에 다니며 나는 세상에는 노래 잘하는 애들이 너~무나 많다는 걸 알게 되었고, 요즘 들어 가수를 목표로 삼을 만한 재능을 지녔는지 스스로 의문이 들던 차였다.

"엄마! 내 렌즈 어딨어?"

"네 렌즈를 왜 나한테 물어보니? 오늘 학교에 안 끼고 갔어?"

"아침에도 못 찾아서 그냥 갔단 말야. 아무것도 안 보여서 혼났네."

"그럼 학원도 그냥 가. 눈으로 노래 부르는 것도 아니고."

가뜩이나 학원 가는 것도 내키지 않은데 되는 일이 없다.

"연습곡은 완벽하게 연습했어? 너 이번 오디션 정말 준비 잘해야 돼. 엄마가 어떻게 만든 자리인 줄 알아?"

"아, 알아. 도대체 몇 번을 얘기해?"

"목마르다고 콜라 같은 거 사 마시지 말고. 탄산이 성대에 안좋은 거 알지? 따뜻한 물 많이 마셔. 여기 보온병 챙겨가."

차라리 남들처럼 공부하라는 잔소리가 더 나을까? 나는 뿌옇게 보이는 눈을 찌푸리고는 등 뒤로 쏟아지는 잔소리를 들으며 힘없이 집을 나섰다.

🐎🐎🐎

희봄과 늘봄. 우리를 모르는 사람이 이름만 보고 자매라고 생각한대도 전혀 이상한 일은 아니었다. 나와 비슷하고도 특이한 이름을 가졌던 희봄은 같은 중학교에 다니는 나보다 한 학년 어린 후배였다.

늘 카메라를 가지고 다니며 영상 촬영과 편집하는 취미를 가졌고, 〈희봄이의 일상〉이라는 자신만의 유튜브 채널도 운영하던 아이였다.

희봄은 교내에 재능 있는 학생들을 섭외해 자기 유튜브 채널에서 소개하는 콘텐츠를 기획하고 있다면서 교내 대표 가수로 알려진 내게 출연을 제안했다.

나는 며칠을 고민하다 희봄의 제안을 받아들였다.

"언니, 우리 전에 본 적 있는데, 기억나요?"

"정말? 나 사람 잘 기억하는데 왜 기억에 없지?"

촬영을 약속한 날, 미리 섭외한 음악실에서 희봄은 혼자 땀을 뻘뻘 흘려가며 카메라와 조명, 밴드부에서 빌려온 음향 장비들을 설치하고 있었다. 생각보다 많은 장비와 나만을 위해 희봄이 집에서 챙겨온 가습기를 보며 그저 가볍게 한두 곡 부르고 오자 생각했던 내 자신이 부끄러워졌다.

나는 오디션에 대비해 연습해 둔 노래를 불렀다. 그동안 지겹게 연습했던 보람이 있었는지 촬영은 오래 걸리지 않았다. 앞서 희봄의 열정적인 모습에 각오를 다져서였을까? 평소보다 더 잘 부른 듯한 기분도 들었다. 예의상 두 번 정도 더 불러봤지만, 결국 첫 번째 테이크로 결정 났다. 촬영이 너무 일찍 끝나는 바람에 나는 평소 좋아하던 다른 노래들도 부르며 남은 시간을 보냈다.

그렇게 첫 촬영을 마치고 집으로 돌아온 나는 열정으로 반짝이던 희봄의 눈동자를 문득 떠올렸다. 내가 마지막으로 저런 눈을 한 적은 언제였을까? 그런 적은 있었을까? 이런 생각에 나는 아주 오랜만에 가슴이 두근거려 쉽게 잠이 오지 않았다.

🐑 🐑 🐑

"희봄, 늘봄이 너희 정말 자매 아냐? 너희 부모님이 같은 데서 이름을 지었나 보다."

그날 이후, 나와 희봄이 학교에서 함께 있는 모습을 본 친구나 선생님은 꼭 저런 농담을 하곤 했다.

"요즘에 나처럼 촌스런 이름을 가진 애들이 얼마나 되겠어? 나 조만간 개명할 거야. 가수로 데뷔하기 전에 말야."

"개명이요? 왜요? 늘봄이란 이름이 얼마나 예쁜데? 독특해서 오히려 가수 이름으로 쓰면 사람들에게 많이 기억될 거예요."

외둥이로 자랐어도 한 번도 동생을 바란 적이 없었지만 만약 동생이 생긴다면 희봄 같은 여동생이라면 좋겠다는 생각이 들었다.

희봄과 함께한 유튜브 촬영은 지겹게 반복되는 노래 연습과 번번이 떨어지던 오디션에 지쳐있던 내게 신선한 자극이 되었다. 하지만 사실 그때만 해도 유튜브에 큰 관심은 없었다. 카메라 앞에서 노래 부르는 건 아무래도 상관없었지만 인터뷰하듯 자기소개를 하고 자연스럽게 이야기를 나눈다는 건 익숙지 않기도 했고, 나중에 가수로 데뷔하게 되면 과거 이런 채널에 출연한 게 흑역사가 될지도 모른다는 엄마의 충고도 있었기 때문이다.

하지만 내가 출연한 영상이 업로드되고 그동안 받아보지 못한 여러 긍정적인 반응과 응원의 댓글을 보자 한동안 잊고 있던 열정과 의욕이 되살아나는 것만 같았다.

그 이후로 나는 희봄의 채널에 이따금 출연했다. 엄마는 오디션 연습에 방해가 된다며 여전히 탐탁지 않아 했지만 말이다.

🐦 🐦 🐦

오디션이 예정되어 있던 날은 새벽부터 눈이 내려 도로는 거북이 주행을 하는 차들로 가득했다.

"처마 밑에 커다란 제비집이 있었고 이제 알을 깨고 나온 새끼들이 입을 벌리고 짹짹거리며 먹을 걸 기다리고 있더라니까. 하늘에는 제비 두 마리가 먹이를 사냥하는지 획획 날아다니고."

목을 건조하게 만든다며 자동차 히터도 틀지 않은 냉장고 속 같은 차 안에서 엄마는 하얀 입김을 내뱉으며 간밤의 꿈에 대해 말했다.

"아무래도 예사롭지 않아서 눈뜨자마자 검색해 봤는데 말야.

제비 꿈은 길몽이래. 오늘 우리 딸한테 좋은 일이 생기려나 봐."

엄마는 그동안 도전했던 그 어떤 오디션보다 오늘의 오디션이 얼마나 중요한지 여러 번 강조해 왔다. 나 역시 그동안 성대에 나쁜 영향을 끼친다는 떡볶이, 탄산음료처럼 자극적인 음식을 끊고 노래 연습에만 매진했다. 매번 티격태격하는 사이지만 엄마를 실망하게 하고 싶지 않아서다. 하지만 내가 오디션에 도전하는 것은 단순히 엄마의 못다 이룬 꿈을 대신하려는 것만은 아니었다. 한동안 내 재능에 대해 의심을 가진 적도 있지만, 희봄의 유튜브 채널에 출연하며 자신감을 얻은 후 나는 더 이상 그런 생각을 하지 않았다. 반드시 오늘 오디션에 통과해 가수가 되어 나의 노래로 많은 사람들을 울고 웃고 행복하게 만들겠노라고, 핫팩을 잔뜩 품은 코트 속에 얼굴을 파묻으며 나는 결심했다.

🐦 🐦 🐦

그리 오래 걸리지 않은 오디션을 마치고 집으로 돌아오는 차 안. 새벽부터 내리던 눈은 어느새 비로 바뀌어 있었다. 아침과 다르게 히터를 강하게 틀어 차 안은 무척이나 따뜻했지만, 엄마와 나는 집에 도착할 때까지 아무런 대화도 나누지 않았다.

오디션 결과는 좋지 않았다. 재능이 없지는 않지만 자기만의 색이 부족하다느니, 나쁜 버릇들과 개선이나 발전 가능성이 적다느니…. 처음 듣는 이야기는 아니기에 그다지 실망스러운 기

분은 들지 않았다. 어쩌면 마음 깊은 곳에서는 이런 결과를 예
상했던 건지도 모르겠다. 사실 엄마를 실망하게 하고 싶지 않아
무리해서 나간 오디션이었다. 결과적으로 실망하게 되었지만….

긴장해서 실력을 100퍼센트 보여 주지 못한 거 아니냐는 엄
마의 질문에 나는 답하지 않았다. 오히려 내 처지에서는 그 어느
때보다도 잘 불렀다고 생각했다. 한 테이크 만에 끝낸 희봄과의
유튜브 촬영 때보다도 더.

"아빠한테 루저의 피를 물려받은 거야."

그날 저녁, 엄마는 거실에서 술에 취해 혼자 중얼거렸다.

🐎 🐎 🐎

오디션에 떨어진 후, 나는 더는 학원에 가지 않았다. 엄마 역
시 더 이상 다른 오디션이라던가 보컬 학원 얘기 같은 건 꺼내지
않았다. 나는 음악 프로그램이 나오던 티비를 꺼버렸다. 길거리
에서 노래가 나오면 귀를 틀어막았다. 심지어 핸드폰 벨 소리마
저도 듣기 싫었다. 나는 언제 가수를 꿈꿨냐는 듯 그렇게 음악을
인생에서 지워 버렸다.

중학교 2학년을 마무리하는 겨울 방학이 시작되었지만 인생
의 목표를 잃은 나는 아무것도 하지 않고, 아무도 만나지 않으
며 집에서 빈둥빈둥 지냈다. 뒤늦게라도 그동안 소홀히 해왔던
공부를 해야겠다고 생각하던 어느 날, 나는 희봄에게서 한 통의

전화를 받았다. 희봄의 목소리를 듣자마자 외출하고 싶어진 나는 전화를 끊고 마지막으로 언제 했는지 모를 샤워를 하고 약속한 카페로 나갔다.

"윤하도 아이유도 수십 번 넘게 오디션에서 떨어졌데요. 두고 봐요. 그 프로듀서는 언젠가 언니 같은 보석을 못 알아본 걸 땅을 치고 후회하게 될 날이 올 거예요."

간만에 나온 바깥세상은 무척이나 추웠지만 희봄의 진심 어린 위로에 얼어붙어 있던 마음이 녹아내리는 기분이었다.

우리의 대화는 자연스럽게 유튜브로 주제가 옮겨갔고 나는 예전처럼 희봄과 유튜브 촬영을 하고 싶어졌다. 그동안 희봄의 채널에 올라와 있는 지난 영상들을 살펴보니 내가 나온 영상의 조회수가 유독 높아 보였다. 희봄이도 내 말에 반갑게 동의해 줬다.

"맞아요. 나도 언니랑 촬영할 때가 제일 재밌었어요."

우리 둘은 한참 동안 다른 유튜브 방송들을 돌려보면서 아이디어를 모으기 시작했다. 그저 얼굴이나 한번 보자고 가볍게 만난 자리는 자연스럽게 콘텐츠 회의가 되어버렸고, 별의별 엉터리 아이디어들을 모으며 우리는 한참을 웃고 떠들었다.

그렇게 우리 두 사람은 본격적으로 함께 방송을 하기로 약속했다. 그동안 희봄이가 만들고 홀로 운영해 온 〈희봄이의 일상〉 채널은 내가 정식으로 합세하며 〈늘봄과 희봄 TV〉로 이름을 바

@NEULBOMHEBOMTV

꾸고 다시 태어났다.

🐫 🐫 🐫

희봄이와 내게는 이름 말고도 둘 다 이혼한 부모님을 가졌다는 공통점이 하나 더 있었다. 엄마는 먼 곳에 살았고 사업에 바쁜 아빠는 집을 비우는 날이 많았기에 희봄은 혼자 보내는 시간이 많았다고 했다. 하지만 희봄에겐 돌봐야 할 식구들이 있었다. 골든레트리버 한 마리와 시츄 한 마리, 회색빛 고양이 한 마리, 머스크 거북이 두 마리, 햄스터 한 마리. 여섯이나 되는 가족을 돌보며 희봄은 외로움을 떨쳐버릴 수 있었다고.

희봄이 처음 올렸던 유튜브 영상의 주인공 역시 자신의 반려동물이었다. 스마트폰으로 촬영하고 편집했던 간단한 영상이었지만 사람들의 '좋아요'와 긍정적인 댓글을 보며 희봄은 유튜브에 흥미를 갖기 시작했다고 했다. 마침 희봄의 아빠 역시 카메라와 영상 편집에 취미를 갖고 있었기에 희봄은 비교적 남들보다 쉽게 영상에 접근할 수 있었고, 동물을 좋아하던 외로운 소녀는 그렇게 유튜버가 되었다.

촬영은 주로 희봄의 집과 학교에서 이루어졌다. 조명과 각종 방송 장비로 채워진 희봄의 방은 전문적인 유튜브 스튜디오 같았다. 내가 채널에 합류하자 희봄이 혼자 방송할 때보다 다양한 콘텐츠를 시도할 수 있었다. 중학생 유튜버들이 흔히 하는 학교

급식 먹방부터 우리 또래에게 인기 있는 화장품을 소개한다든지, 희봄이가 기르는 동물들과 함께하는 일상 등을 담은 영상을 함께 만들어 올렸다. 물론 내 특기를 살려 신청곡을 받고 불러주는 콘텐츠가 가장 인기였지만 말이다.

물론 아직은 구독자도 적고 수익이라고 하기엔 부끄러운 금액이 간간이 들어올 뿐이었지만 친구들을 비롯한 사람들의 응원만으로도 우리는 행복했다. 영상을 올리면서도 다음은 어떤 주제의 방송을 할지 고민했다.

영상을 좀 더 자주 올리고 싶은 욕심이 슬그머니 들기도 했지만 이미 기획과 촬영, 편집까지 도맡아 하느라 바쁜 희봄에게 더 이상 강요할 수는 없었다.

촬영하는 날은 아니었지만 요즘 들어 부쩍 피곤해하는 희봄이 안쓰러워 나는 간식거리를 잔뜩 사서 희봄의 집을 방문했다. 희봄은 며칠 전에 찍은 우리의 영상을 편집하느라 바빴다.

"와 언니 이 케이크 가게. 언니 집에서 멀지 않아요?"

"멀지. 요즘 들어 희봄 편집자님이 고생하시는 것 같아서 언니가 버스 두 번 갈아타고 사 왔지!"

"언니는 처음 봤을 때도 그랬고 참 친절한 사람 같아요."

처음 봤을 때라니? 희봄이가 내게 유튜브 방송 출연을 제안했을 때를 말하는 걸까? 아니면 음악실에서 처음 촬영했을 때를 말하는 걸까? 그날 내가 딱히 살갑게 굴었던 기억은 없는데….

"케이크 하나 갖고 뭘 그래 부끄럽게. 암튼 좀만 더 고생해. 나 이제 가봐야겠다."

"네! 조심히 가세요. 친절한 늘봄씨."

늘봄이란 독특한 이름을 가진 탓에 살면서 별의별 별명으로 불려 봤지만 희봄이가 붙여준 별명은 참 신선하게 느껴졌다.

학교 친구들은 모두 우리 채널에 나오고 싶어 했고, 유튜버를 하는 친구들은 자신들의 채널에 나와 희봄이 출연해 주길 바랐다. 우리 채널에 편집이나 PD로 합류해서 함께 영상을 만들고 싶어 하는 친구들도 있었다. 물론 팀원을 늘려 분업하면 영상을 더 쉽게 많이 만들 수도 있겠지만, 우리 두 사람은 사람이 많은 것보다 마음이 맞는 것이 중요하다고 여겨 지금의 체제를 유지하기로 했다. 그렇게 공통점도 다른 점도 많은 희봄과 나는 친자매 못지않은 사이가 되어 갔다.

🐎🐎🐎

"그래서 이제 다 때려치우고 아예 유튜버로 나서게?"

유튜브 활동을 처음부터 못마땅해하던 엄마는 늦은 밤까지 촬영 준비를 하던 내 모습이 맘에 들지 않았나 보다.

"아빠 닮아서 루저라며? 엄마가 그랬잖아."

"애! 그건 엄마가 속상해서 그냥 한 말이지."

"됐어. 어차피 나도 오디션에 붙을 거라 생각 안 했어. 보컬 학원 다니면서 알게 된 건데 그 프로듀서 말대로 나 그렇게 대단한 재능 없어. 엄마, 있잖아. 세상에는 나보다 잘 부르는 애들이 엄청 많더라. 그런 애들이 진짜 가수가 되는 거야. 그리고 나는 지금 이 일이 좋아."

나는 어서 엄마와의 대화를 끝내고 하던 일을 마치고 싶었지만 엄마는 그럴 생각이 없어 보였다.

"너 엄마 딸이야. 네가 왜 재능이 없어? 다른 보컬 학원, 엄마가 알아봤거든. 우리 다시 조금만 더 노력하면."

"노력! 노력! 나 노력했어! 정말 힘들게 노력했어! 그런데 안 되잖아! 내가 태어나는 바람에 엄마 인생 망친 것 같아서 정말 미안한데, 엄마한테 물려받은 재능이 이 정도야! 내가 뭘 더 어떻게 노력해야 해?!"

지금 다시 생각해 봐도 마지막 말은 하지 말았어야 했지만 이미 뱉은 말은 주워 담을 수 없었다. 말을 잃고 우두커니 서 있는 엄마를 두고 나는 방문을 닫아 버렸다. 엄마는 여전히 말이 없었다.

🐪 🐪 🐪

선배들의 졸업식 날이었다. 학생회의 부탁으로 후배들을 대표해 축가를 부탁받은 나는 노래를 추천받기 위해 아빠에게 전화를 걸었다. 딸이 사람들 앞에서 공개적으로 노래를 부른다는 소식에 아빠는 콘서트 데뷔라는 둥 밴드를 끌고 와서 반주를 해 주겠다는 둥 뛸 듯이 기뻐했다. 예상치 못한 아빠의 격한 반응에 당황한 나는 아빠를 진정시키고 피아노 반주만 녹음해 보내주는 걸로 합의를 봤다. 아빠가 추천한 곡은 공일오비라는 옛날 가수 의 〈이젠 안녕〉이었다.

졸업생과 학부모를 비롯해 많은 사람이 모인 강당에 조용한 피아노 반주가 울려 퍼지고, 노래가 시작되자 소란스럽던 분위 기가 일순간 잦아들었다. 혼자 시작했던 노래는 얼마 지나지 않 아 강당에 있던 모든 사람이 함께 따라 부르며 눈물 젖은 합창 이 되어버리고 말았다. 추운 날씨 속에서 석별의 정을 나누던 졸 업생들도 노래 하나로 가슴이 따뜻해지는 경험을 할 수 있었다.

하지만 나를 비롯해 강당에 모여 함께 노래를 부르던 사람들 과 그날 무대 아래에서 카메라로 강당의 모습을 담았던 희봄이 조차 그날의 영상이 유튜브와 SNS에 크게 퍼지며 화제가 될 줄 은 전혀 예상하지 못했다.

덕분에 채널 구독자와 조회수가 갑자기 늘었고, 기삿거리를 찾던 지역 언론과 방송사에서도 인터뷰 제의가 들어왔다. 인터 뷰는 카페와 스튜디오, 학교에서도 이어졌다. 특히 방송국 카메 라가 학교로 왔을 때 학교는 한바탕 축제 같은 분위기였다. 나는 벌써 연예인이 된 기분이 들었다.

"재밌더라."

저녁을 먹던 중 엄마가 말했다. 그동안 우리 집은 오디션을 마치고 돌아오던 날처럼 냉담한 분위기가 이어지고 있던 차였다.

"뭐가?"

"너희 방송 말이야."

"뭐야…. 봤어?"

내색은 하지 않았지만, 사실 엄마는 나의 유튜브 활동을 전부 챙겨 보고 있었다.

"엄마는 우리 딸이 말을 그렇게 재밌게 줄 몰랐네. 특히 실시간 채팅창으로 신청곡 받아 불러 주는 거 말이야. 그런 거 위주로 방송하면 더 잘될 거 같은데?"

"엄마가 보기에도 그렇지? 나도 그렇게 생각했어."

"졸업식 축가 영상도 감동적이더라."

"아빠가 노래도 잘 골라주고 반주까지 해준 거잖아."

"이렇게 잘 부르는데 왜 다 몰라줄까, 우리 딸."

"그 얘긴 됐어. 그만해."

잠시 정적이 흘렀다. 식사를 마친 뒤 엄마는 진지한 표정으로 말했다.

"어린 나이에 너 낳고 살다 지금은 아빠랑 이혼까지 하고 부모로서 너에게 못난 모습만 보인 것 같아 너라도 당당하고 멋지게 살았으면 했어. 그래서 엄마가 욕심을 부렸는지도 모르겠다. 내가 못 이룬 꿈, 너한테 강요한 거처럼 느껴졌다면 미안해 딸. 하지만 엄마는 늘봄이 엄마가 된 걸 단 한 번도 후회한 적이 없어."

어느새 빨개진 엄마의 눈을 보자마자 나도 따라 울기 시작했다.

"나도 노래 부를 때가 가장 즐겁고 행복했어. 엄마도 알잖아. 그런데 막상 오디션을 생각하고 연습하려니 힘들고 즐겁지 않았어."

엄마는 대답 대신 나를 안고 등을 토닥여 주었다.

"나 지금 유튜브 하는 거 즐겁고 행복해. 그리고 나 가수 포기한 거 아냐. 언젠가 다시 도전할 거야."

"그래, 엄마가 필요한 거 있으면 다 도와줄게."

"그날 못되게 말해서 미안해. 정말 엄마…."

늘 별것도 아닌 일로 티격태격하며 싸웠지만 사실 우리 모녀는 누구보다 서로를 아끼는 사이라는 걸 다시 한번 깨달았다.

🐑 🐑 🐑

"작년에 샀던 바지를 오랜만에 입었는데 허리가 안 맞더라고요. 그새 살이 좀 쪘나 싶어서 거울을 봤더니 글쎄 바짓단이 발목 위에 있는 거예요. 원래는 발등까지 덮는 기장이었거든요."

새 옷이 담긴 종이가방을 여러 개 들고 한껏 기분이 업된 희봄과 달리 나는 오늘 아무것도 사지 못했다. 유난히 습하고 무더운 날씨에 불쾌지수도 높았지만 여름을 맞아 새 옷을 사러 나온 쇼핑에 집중하지 못한 이유가 그 때문만은 아니었다.

지난날 졸업식에서 부른 축가 영상이 화제가 되고 여러 방송국과 인터뷰를 할 때만 해도 나는 얼마 안 가 십만, 백만 구독자를 거느린 유명 유튜버가 될 수 있을 거라 기대했다. 그렇게 유튜버로 유명해진 내 앞에 나를 거절했던 소속사 대표들이 서로 자기 소속사에 와달라며 무릎을 꿇고 간청하고, 나는 마지못해 그중 한곳을 골라 가수로 데뷔하는 꿈을 꾸기도 했다.

하지만 아침이 와도 시간이 지나도 어제와 같은 평범한 날이 계속 이어질 뿐 그런 드라마 같은 일은 일어나지 않았다. 그렇다고 그동안 사과가 나무에서 저절로 떨어지기만을 기다리며 아무런 노력도 하지 않은 것은 아니었다. 잘나가는 유튜버들의 영상을 참고해 평생 해보지도 않은 게임 방송을 시도했고, 이전처럼 신청곡을 받아 노래를 불러 주는 콘텐츠도 부활시켜 봤다. 예전처럼 신청자가 많지 않아 슬그머니 접고 말았지만 말이다. 희봄만큼은 아닐지라도 나 역시 무릎이 시큰거리는 성장통을 겪으며 키가 자라고 있었지만 우리 유튜브 채널은 성장판이 꽉 닫힌 것처럼 꼼짝도 하지 않았다.

그런 나의 마음을 아는지 모르는지 지금 희봄이에게 위기감 같은 건 조금도 보이지 않는다.

"우리 채널 말이야. 뭔가 정체기 같지 않아? 뭘 올려도 반응이 예전 같지 않고 구독자도 그대로고 말야."

"그래요? 음…. 여름방학이라서 그런 거 아닐까요?"

나는 단전에서 올라오는 한숨을 누르고 말했다.

"뭔가 새로운 콘텐츠를 해야 할 것 같은데."

"언니, 우리 편의점 라면 리뷰 시리즈 새로 시작한 지 얼마 안 됐어요."

"사실 라면 리뷰 그런 것들은 남들도 많이 하잖아. 남들 안 하는 독창적인 뭐 그런 거 없을까?"

"음~ 고민 좀 해볼게요."

나는 희봄의 대답이 성에 차지 않았다.

"그리고 생각해 봤는데 채널이 좀 더 크려면 지금보다 영상을 더 자주 올려야 할 것 같아. 지금처럼 불규칙하게 하지 말고, 일 주일에 두 개는 규칙적으로 업로드해야 돼."

나는 그동안 미뤄왔던 개선점에 대해 열변을 토했지만 희봄은 미적지근한 표정만 지을 뿐이었다.

"언니 말이 맞긴 한데, 저 요즘 성적이 크게 떨어져서 엄마, 아빠한테 많이 혼났거든요. 유튜브를 해도 성적 관리는 똑바로 하라고 해서 지금보다 시간 내는 건 조금 힘들어요…."

희봄의 말에 나는 온몸의 기운이 죄다 빠져나가는 기분이었다.

"아! 우리 영화 보고 들어갈래요? 저번에 언니가 말한 영화 개봉했던데."

"아냐. 지금 좀 피곤해서. 나 먼저 들어갈게."

나는 또다시 머리가 지끈거리기 시작했다.

🐕 🐕 🐕

"엄마가 보기에는 말이야. 희봄이 개 작업 스타일이 문제야. 실시간 스트리밍할 때 보면 우리 딸은 텐션도 좋고 재밌는데 편집이 분위기를 다 죽인달까? 섬네일도 이렇게 심심하게 디자인하면 안 돼. 클릭하지 않고서는 못 배기게 만들어야지. 그리고 영상을 업로드하는 날을 딱 정해야지 지금처럼 이렇게 멋대로 올려서는 안 돼."

엄마는 우리 채널에 올라와 있는 영상들을 하나하나 돌려보며 마치 전문가라도 된 듯 비평과 훈수를 두기 시작했다. 처음에는 그런 엄마의 참견이 듣기 싫었지만 가끔 귀담아들을 만한 내용이 있는 것도 사실이었다. 그도 그럴 것이 간간이 찾아본 유튜브 조회수와 구독자 올리는 비법 등을 소개하는 영상에도 엄마와 같은 말을 하고 있었기 때문이다.

하지만 희봄의 작업 스타일은 내가 찾아본 채널 성장 비법과 일치하는 구석이 없어 보였다. 신중하고 꼼꼼한 희봄의 성격상 편집 속도가 느려 영상은 정해진 날짜 없이 불규칙하게 업로드되었고, 심플하다 못해 도무지 내용을 알 수 없는 심심한 섬네일에다가, 무엇보다도 우리만의 특색이라던가 주제가 명확하지 않은 방향성이 채널의 가장 큰 문제로 보였다.

그래도 희봄은 내 투정을 흘려듣지는 않았는지 며칠 뒤 새로운 콘텐츠 아이디어들을 정리해 리스트를 보내왔다. 하지만 그녀의 아이디어들은 학교생활이나 동물들에 관한, 그동안 늘 지겹게 해온 것들의 변주일 뿐이었다. 상상만 해도 지루하게 느껴졌다.

답답함과 이런저런 고민으로 머리속이 꽉 차 해파리처럼 학교를 배회하고 있던 내게 재밌는 풍경 하나가 눈에 들어왔다.

🐾 🐾 🐾

며칠 뒤 학교에서 희봄을 만난 나는 스마트폰 속 영상 하나를 희봄에게 보여줬다.

"우리 이거 좀 쇼츠로 만들어서 올려볼까?"

"이게 뭐예요?"

"우리 유튜브 영상이지. 내가 한번 찍어 봤어."

"언니 혼자요?"

나는 희봄의 당황한 표정을 애써 무시하며 말했다.

"응. 혼자."

"나한테 얘기도 없이…."

"아이디어가 떠올라서 찍어 본 거야. 짧게 여러 개 찍은 건데 쇼츠로 만들면 괜찮을 것 같아. 보고 얘기해 줘."

희봄이와 상의 없이 나 혼자 찍은 영상은 간단했다. 셀카봉에 연결한 스마트폰을 들고 이런저런 멘트를 하며 교내를 돌아다니다가 같은 반 친구 현주를 발견한 나는 그녀에게 다가가 외쳤다.

"가방 속을 보여 주세요!"

미리 섭외했던 방송부장 현주는 갑작스럽다는 듯 눈을 동그랗게 떴지만 곧 못 이기는 척 가방 속에 있던 무선 이어폰, 화장품, 간식거리 등의 물건을 꺼내 소개하기 시작했다. 그런 우리를 보고 주위에 몰려든 반 친구들은 호기심 어린 눈으로 친구의 소지품을 구경하기 시작했다.

"이거 지금 유튜브 찍는 거야?"

"어? 나도 저 쿠션 사고 싶었는데, 어디서 샀어?"

한차례 바람잡이 역할이 끝나자 다른 아이들도 늘봄에게 자기 가방 속을 봐달라며 몰려들기 시작하며 교실에는 한바탕 소동이 일어났다.

"어때?"

나는 자신만만한 표정으로 희봄에게 물었다.

"괜찮은 것 같아요. 다만…."

"그렇지? 그리고 섬네일에 이렇게 제목을 다는 거야. 〈중학생 가방에서 험한 것이 나왔다!〉 어때?"

"진짜 험한 게 나와요?"

"아니지. 그냥 제목으로 관심을 끄는 거지. 그래야 한 명이라도 더 볼 거 아냐?"

희봄은 대답이 없었다.

"그럼 편집 좀 부탁할게. 되는대로 바로 보내줘."

할 말을 마친 나는 서둘러 희봄의 교실을 떠났다.

〈중학생 가방에서 험한 것이 나왔다!〉의 반응은 나쁘지 않았다. 아니 생각보다 좋아서 같은 방식으로 몇 차례 더 촬영해 희봄에게 편집을 맡겼다. 그때마다 나는 사람들의 이목을 끌 만한 자극적인 제목을 다는 것 외에도 자막의 위치나 색깔 같은 것을 일일이 정해주었다.

내가 만든 새 콘텐츠는 점점 인기를 끌었다. 게다가 가방 속을 보여 주면 우리 유튜브 채널에 출연할 수 있다는 소문이 퍼지면서 아이들이 내 관심을 끌기 위해 비싼 화장품이나 액세서리 같은 것들을 가져오기 시작했고, 뒤이어 교내에서 몇 건의 도난 사건이 생기면서 도난 위험이 있는 사치품은 가져오지 말라는 교내 지시 사항마저 내려질 정도였다. 하지만 나는 다시 화제의 중심에 선 것만 같아 어깨가 으쓱여졌다.

🐎🐎🐎

"왜 그래? 무슨 일 있어?"

여느 날처럼 나는 새로 찍은 영상을 희봄에게 보여주며 편집에 관해 설명하고 있었다. 하지만 희봄은 뭔가 할 말이 있는 듯 집중하지 못했다. 내가 재차 왜 그러는지 묻자 희봄은 잠시 뜸을 들이더니 입을 열었다.

"언니가 요즘 만드는 가방 속 공개하는 영상 말이에요. 누가 그러던데 1학년 후배들이 찍어 올렸던 영상이랑 똑같다고… 그런 소문 도는 거 알아요?"

"뭐? 누가 그런 말을 해?"

"누가 말했는지가 중요한 게 아니라 정말 1학년 애들 거 따라 한 거예요?"

희봄의 난데없는 추궁에 나는 짜증이 나기 시작했다.

"유튜브 보면 가방 속 공개하는 그런 영상 엄청 많아! 유명한 외국 채널도 있고. 내가 1학년 애들이 뭐 하는지 어떻게 알고 그걸 보겠어? 걔네도 외국 거 봤겠지!"

"그런 게 있는 건 나도 알아요. 그런데 1학년들이 영상을 올리고 비슷한 영상을 3일 뒤에 언니가 만든 건 누가 봐도 이상하잖아요. 언니, 이건 신뢰 문제예요. 아무리 재밌고 좋은 걸 찍어 올려도 사람들이 의심하면."

"아니라고 몇 번을 말해? 우연히 그렇게 된 걸 어쩌라고! 헛소문 듣고 와서 나한테 따지는 거야??"

나는 억울하다는 표정을 지으며 강하게 부정했지만 사실 희봄이 들은 건 완전히 헛소문은 아니었다.

얼마 전 1학년 교실을 지나던 내게 재밌는 풍경이 눈에 띄었다. 1학년 학생 몇이 책상 앞에 모여 캠 카메라로 자기들끼리 깔깔거리며 유튜브 방송이라도 하는 양 촬영을 하고 있었다.

예사롭지 않은 모습에 호기심이 생긴 나는 교실 문 뒤에 숨어 그 모습을 훔쳐보았다. 1학년들은 캠 카메라를 들고 있는 친구를 중심으로 서로의 가방 속 소지품들을 보여 주며 이야기를 나누고 있었다. 가방의 주인이 소지품들을 하나씩 꺼내 놓자 주변의 아이들이 저마다 리액션하기 시작했다.

따지자면 나는 그 1학년 후배들의 유튜브 촬영을 훔쳐 보고 아이디어를 얻은 셈이다. 하지만 아이디어를 얻은 정도의 일을 표절이라 의심하다니. 희봄에게 화가 나기 시작하자 새삼스레 지난날 방송국과의 인터뷰가 떠올랐다. 그날 인터뷰는 희봄과 내가 첫 촬영을 했던 음악실에서 이어졌다.

여러 질문이 오가고 화기애애한 분위기가 이어지던 중 우리 두 사람이 유튜브를 시작하게 된 계기를 묻는 리포터의 질문에 희봄은 채널의 시작은 자기였음을 강조했다. 게다가 희봄은 내가 딱히 밝히고 싶지 않았던 오디션에 떨어진 이야기까지 하며 우리 유튜브 활동의 시작을 구구절절하게 설명했다. 그때는 그저 내가 가수 준비를 할 만큼 재능이 있다는 걸 희봄이 강조한 거라고 생각했지만 지금은 그 말이 다르게 느껴졌다.

'그래. 희봄이는 나를 자기가 차린 밥상에 숟가락만 얹은 사람으로 여긴 거야. 그저 노래나 좀 하는 보조 출연자가 주도적으로 기획하는 게 맘에 안 드는 거지. 그래."

희봄이가 없다면 채널은 더 잘될 것만 같다는 못된 생각이 자꾸만 들었다.

🐑 🐑 🐑

사소한 언쟁 이후에도 나는 보란 듯이 〈중학생 가방에서 험한 것이 나왔다!〉 영상을 촬영해 희봄에게 편집을 부탁했다. 희봄은 여전히 표절에 관한 소문을 불편해했지만 나는 이번이 마지막이라는 말로 그녀를 달랬다. 하지만 그런 사소한 소문 때문에 조회수가 잘 나오는 콘텐츠를 포기하고 싶지 않아 '이번이 정말 마지막'이라는 말로 달래며 편집을 맡기는 상황은 몇 번 더 반복되었다. 참다못한 희봄이 이제 다른 콘텐츠를 새로 시작하자며 이런저런 아이디어들을 제시했지만 내가 반응이 보이지 않자 이제는 내가 보낸 영상을 편집하고 올리기만 할 뿐 더 이상 별다른 말을 하지 않았다.

함께 찍은 사진과 이모티콘으로 장식된 수다가 가득했던 우리의 카톡방은 이제 내가 찍어 보낸 영상과 쓸데없이 세세한 수정 사항만 건조하게 나열되었다. 우리는 자매도 친구도 아닌 일과 관련한 이야기만 나누는 직장동료 같은 사이가 되었다.

이런 불편한 관계가 점점 익숙해지던 어느 날이었다. 나는 늘 그랬던 것처럼 혼자 만든 영상과 수정 사항들을 적어 희봄에게 보냈다. 채팅창의 '1'은 금세 사라졌지만 답장은 바로 오지 않았다. 다음 날 아침이 되어서야 편집된 영상과 함께 짧은 메시지가 와 있었다.

"이게 마지막이에요. 저는 더 이상 못 할 것 같아요."

🐎 🐎 🐎

우리는 편의점 테이블에 앉아 캔 커피를 하나씩 앞에 두고 한동안 말이 없었다.

"이거 지금 반응 좋잖아. 내가 편집 가지고 힘들게 한 건 미안하지만 물 들어올 때 노 저어야 한다고, 우리도 얼른 채널 키워서 구독자 십만, 백만 유튜버까지 찍어봐야 할 거 아냐?"

"언니. 나는 십만, 백만 유튜버가 되고 싶은 게 아니에요."

"그럼 뭔데? 그런 목표도 없이 지금 유튜브를 왜 하는 건데?"

"우리가 처음 같이 시작할 때 어떤 목표가 있었던 게 아니잖아요. 언니는 이제 다른 사람 같아요."

나는 또다시 머리가 아파지기 시작했다.

"너는 몰랐겠지만 나는 목표가 있었어. 네가 그만둔다 해도 나는 지금 이 채널 계속할 거야. 넌 어떻게 할래?"

희봄은 대답하지 않았다.

그날 이후, 나는 변함없이 영상을 찍어 방송반 현주에게 편집을 맡기기 시작했다. 희봄은 더 이상 채널에 관여하지 않았다. 오래 지나지 않아 희봄이 전학 간다는 소식이 들렸다. 자세한 사정은 듣지 못했지만 희봄 아빠의 사업에 관련된 몇 가지 문제로 희봄이 이제 엄마와 살게 되었다는 이야기만 전해 들었다.

희봄과 나는 아쉽지만 잘 지내라는 형식적인 메시지를 주고받았다. 함께했던 시간과 일들에 비하면 참 초라한 작별이었다.

인사 끝에 나는 채널은 일단 내가 관리하고 잘 키워 나갈 테니, 학업에 전념하기 위해 네가 채널에서 하차하는 걸로 하자는 말을 덧붙였다. 내 말풍선에 붙은 '1'은 금세 사라졌지만 이번에는 며칠이 지나도록 답장은 오지 않았다.

🐑 🐑 🐑

희봄이가 〈희봄이의 일상〉이란 이름으로 만들었던 채널은 내가 합류하며 한동안 〈늘봄과 희봄TV〉이었다가 결국 〈늘봄TV〉로 탈바꿈했다. 나는 채널 설정으로 들어가 관리자 희봄의 계정을 삭제했다.

엄마의 전폭적인 지원 아래 나는 카메라와 각종 촬영 장비로 내 방을 채우며 스튜디오를 만들기 시작했다. 엄마는 시청자들과의 소통이 중요하다며 라이브 스트리밍 위주로 방송해야 한다고 강조했다. 그동안 난 중학생다웠던 채널의 이미지에서 벗어나고자 트렌디하고 과감한 소재들을 시도하기 시작했고, 채널의 달라진 모습이 알고리즘의 선택을 받았는지 조회수와 구독자 수가 크게 늘며 채널에 활력이 돌았다.

희봄에게서 오랜만에 연락이 오기도 했다. 그새 새로운 학교에 적응했는지 새로운 유튜브 채널을 시작했다며 내 채널에서 홍보해 줄 수 있는지 부탁했다. 희봄의 채널에는 그녀가 키우는 동물들을 찍은 일상 영상 같은 것뿐이었다. 시간 날 때 홍보 글을 올려주겠다고 했지만 사실은 고민이 되었다.

희봄이 우리의 채널에서 빠지는 이유를 학업에 집중하기 위해서라고 공지까지 올렸는데, 그렇지 않아도 학교 내에서 희봄의 채널을 나중에 들어온 내가 뺏었다는 소문이 돌고 있는 판에 희봄이 새로운 채널을 시작한다는 게 알려지면 나는 거짓말을 한 셈이 되는 것이 아닌가. 결국 나는 희봄의 부탁을 무시하기로 했다.

내게는 그런 쓸데없는 고민을 할 시간이 없었다. 채널의 성장을 위해 해야 할 일이 많았다. 희봄이가 떠난 후 편집을 맡아왔던 방송반 현주도 지금은 그만두었고, 그 뒤로도 몇 명의 편집자를 거친 후 어렵게 새로 구했지만 여전히 내 마음에 들지 않았다.

"채널 성장은 둘째치고 지금 상태라도 유지하려면 최소 일주일에 영상 두 개는 올려야 해. 근데 지금 이게 뭐야? 화요일에 겨우 하나 올리고 오늘 금요일이라 올려야 하는데 아직도 편집을 못 끝내면 어쩌자는 거야?"

"저기… 늘봄아. 우린 아직 학생이고 다음 주 시험인데 일주일에 영상 두 개 올리는 건 힘들어…"

"너 아니어도 우리 팀에 들어오고 싶어 하는 애들 많아. 공부가 더 중요하면 당장 그만둬."

그토록 바라던 구독자 십만 명을 앞두고 이대로 안주할 수는 없었다.

🐎 🐎 🐎

시간이 흐르고 희봄이란 존재가 점점 희미해져 가던 어느 날, 나는 유튜브와 SNS를 도배한 한 영상을 보게 되었다.

누군가 스마트폰으로 사람들이 많이 모인 호수공원의 모습을 찍은 영상이었다. 호수 수면 위로 길게 설치된 산책로에 많은 사람이 모여 있었다. 사람들은 모두 한곳을 바라보며 소리를 질렀다. 마치 누가 물에 빠지기라도 한 것처럼 말이다. 카메라가 호수 쪽을 비추자 작은 고양이 한 마리가 물에 빠져 허우적대고 있었다.

"어떻게 해야 해?"

"고양이는 헤엄을 못 치나?"

"누가 막대기 같은 것 좀 구해와 봐요!"

사람들은 웅성거리며 발을 동동 굴렸지만 그 누구도 선뜻 고양이를 구하러 물에 들어가는 사람은 없었다. 그때였다. 한 소녀가 난데없이 나타나 산책로 난간을 넘어 천천히 호수로 들어갔다. 다행히 수심이 깊지 않았던 모양이다. 바닥에 발이 닿는 것을 확인한 소녀는 턱밑까지 오는 물을 헤치고 천천히 고양이에게 다가가 품에 안았다. 그러고는 다시 뭍으로 올라왔다. 사람들의 박수와 환호가 이어졌지만 소녀는 아랑곳하지 않고 벗어둔 겉옷으로 고양이를 감싸 안고는 어디론가 급히 사라졌다.

영상은 거기까지였다. 화면이 많이 흔들리고 초점도 맞지 않아 소녀의 얼굴 한 번 제대로 나오지 않았지만 나는 그 소녀가 누구인지 단번에 알 수 있었다. 영상 속 소녀는 바로 희봄이었다.

희봄이의 활약을 담은 영상은 각종 SNS와 유튜브를 도배했고 TV 뉴스에까지 소개되며 큰 화제를 불러일으켰다.

언론과 대중이 영상의 주인공을 찾기까지는 그리 오랜 시간이 걸리지 않았다. TV를 틀면 쑥스러운 표정으로 뉴스앵커와 인터뷰하는 희봄이가 나왔다. 신문에는 희봄이가 동물보호 홍보대사로 임명되었다는 기사가 실렸고, 반려견 훈련사로 유명한 사람과 함께 찍은 동물 사료 광고도 나왔다. 곧이어 희봄에게 유튜브 채널이 있다는 사실이 알려지며 특별한 것 없던 그녀의 유튜브 채널의 구독자 수가 어느새 수십만을 넘어 백만을 바라보기 시작했다. 평범한 중학생이었던 희봄은 영상 하나로 대한민국에서 가장 유명한 사람이 되었다.

트렌드란 신기한 것이었다. 바람의 방향이 수시로 바뀐다. 한 때 유명 스타 셰프들이 TV에 나오며 각종 먹방과 미식 열풍이 불었던 것처럼, 인정하기는 싫었지만 희봄이가 고양이를 구하는 영상이 화제가 된 후 유튜브 속 대세 콘텐츠는 바로 동물이었다.

다들 간증이라도 하듯 유튜버들은 어딘가에서 반려동물들을 부랴부랴 섭외해 와서는 방송하기 시작했다. 과장되게 말해서 영상 섬네일에 동물이 없으면 사람들이 안 본다는 말이 있을 정도였다. 유튜버라면 대세에 민감하게 반응해야 하므로 나 역시 동물과 관련한 콘텐츠를 해야 할 것 같았지만 왠지 희봄을 따라하는 것 같아 망설여졌다.

하지만 더는 자존심으로 망설일 입장이 아니었다. 구독자 십 만도 안 되는 채널로 있다가 사라져 버리고 싶지 않다면 뭐든지 해야 했다. 유행의 시작이 누구든 간에 상관없었다. 중요한 건 최고가 되어야 한다.

방학을 맞아 큰맘 먹고 머리도 밝은 핑크색으로 염색하며 각오를 다졌다. 거금이 들긴 했지만 평소 꿈꿔왔던 색으로 염색을 하니 의욕이 샘솟기 시작했다. 곧바로 애니멀 카페 일일 알바, 사육사 체험, 길고양이 급식소 점검하기 같은 동물과 관련한 콘텐츠를 기획하기 시작했다.

쉬운 일은 아니었다. 야외 촬영을 나가려면 생각보다 많은 준비가 필요하다. 하지만 희봄이 그만둔 후 방송부 현주를 비롯해 얼마 전까지 함께하던 친구들을 모조리 잘랐기 때문에 나는 하는 수없이 캠 하나를 들고 시작했다.

먼저 애니멀 카페에 일일 아르바이트를 지원했다. 카페 측에선 브이로그나 찍으며 하루만 일하겠다고 지원한 알바생을 탐탁지 않아 했다. 하지만 유튜브 채널을 보여주며 홍보를 해주겠다고 약속하자 촬영을 허락해 주었다.

일은 쉽지 않았다. 하루만 일하고 떠날 중학생인 내게 교육이 필요한 음료 제조나 음식 조리를 맡길 리 없었다. 그날 내게 주어진 업무는 손님 안내와 동물 돌보기 등이었지만 그날따라 카페에는 손님이 거의 없던 탓에 나는 온종일 동물의 배설물 처리와 청소를 해야 했다. 그렇게 아르바이트가 끝나고 약간의 일당과 몇 시간분의 영상을 얻었지만, 건질 만한 장면은 없었다. 아무리 재밌게 편집해 보려 해도 소위 발하는 유튜브 각이 나오지 않았다.

혼자서는 죽도 밥도 안 되겠다는 생각에 나는 다시 스텝을 구해보려 방송에 관심 있는 친구들을 수소문해 봤지만, 그동안 여러 명을 해고하며 악덕 업주로 소문이라도 난 건지 지원자를 구하기가 쉽지 않았다. 하는 수 없이 편집은 직접 하기로 하고 카메라만 들고 다닐 친구를 구했다. 물론 대가는 나중에 유튜브 출연을 시켜준다는 조건이었다.

다음으로 준비했던 콘텐츠는 동물원 사육사 체험이었다. 교내

진로 동아리에서 직업체험의 일환으로 사육사 체험 인원을 모집하고 있었기에 사육사 일을 하는 건 어렵지 않았지만, 동물원 측에서 촬영을 허가해 주지 않았다. 애니멀 카페와 달리 홍보를 해준다는 조건 같은 건 통하지 않았다. 결국 메인 카메라 촬영은 포기하고 몸에 지닌 캠으로 몰래 촬영했지만 제대로 된 영상 하나 건지지 못하고 소득 없이 고생만 하다가 집으로 돌아와야 했다.

나는 점점 초조해졌다. 여전히 TV에서는 희봄을 볼 수 있었고 어느새 그녀의 채널은 구독자가 백만을 넘었다. 그런 희봄의 모습을 지켜보며 곧 구독자 십만을 넘을 생각에 가슴이 두근거리던 나 자신이 새삼 초라하게 느껴졌다.

"아빠한테 패배자의 피를 물려받은 거야…."

엄마의 지난 말이 또다시 머릿속을 맴돌았다. 갑자기 두통이 일었다.

🐫 🐫 🐫

"저런 맛집 소개 프로그램에 나오는 식당들 다 가짜야. 비법 레시피 같은 것도 작가가 써주는 거고. 저기 손님들도 음식을 먹으면서 막 감탄을 하잖아. 그게 다 배우들이라는 거야."

"진짜 맛집을 찾아서 소개하면 되지 왜 저렇게 한대?"

"세상에 진짜 맛집이 얼마나 되겠어? 방송은 진짜 맛집을 소개한다기보다는 맛집인 것처럼 보여주는 게 중요한 거야."

TV를 보던 엄마의 말에 나는 머리 위로 백열전구 하나가 불이 켜진 듯한 기분이 들었다. 얼마 전 집에서 고양이를 키우기 시작했다며 좋아하던 새로 구한 편집자 친구 지현이가 떠올랐기 때문이다. 나는 목욕탕에서 뛰쳐나온 아르키메데스처럼 방으로 뛰어가 지현에게 전화를 걸었다.

🐈 🐈 🐈

나와 지현이는 학교 근처에 사람들이 잘 다니지 않는 상가 건물 사이의 좁다란 골목길을 찍으며 촬영을 시작했다.

"안녕하세요! 늘봄TV 시청자 여러분. 요즘 아침저녁으로 쌀쌀한 날씨가 이어지고 있는데요. 우리 주변의 길고양이들이 걱정되어서 도시 곳곳에 있는 고양이 급식소들을 점검해 보기로 했어요. 그럼 함께 가보시죠!"

오프닝을 마치고 우리는 골목길에 미리 설치해 둔 사료 그릇과 물통을 채우는 모습을 이어서 촬영했다.

"야옹~"

잠시 뒤 윤기가 흐르는 까만색 털을 가진 고양이 한 마리가 나타나 우리 곁으로 천천히 접근했고, 우리는 그 모습을 놓치지 않고 카메라에 담았다.

하지만 우리 곁에 기적처럼 나타난 이 까만 고양이는 사실 길고양이가 아니었다. 사료와 물을 채우는 것만으로 길고양이들이 몰려오지 않는다는 건 그동안 경험으로 충분히 깨달았다. 그래서 나는 지현이에게 그녀가 키우는 고양이 '초코'를 데려와 달라고 했다. 조금 망설였지만 지현은 채널의 정식으로 팀원이 되어 달라는 내 말에 결국 설득되었다.

밖이 낯설었던지 잠시 주위를 경계하던 초코는 주인이 곁에 있다는 것을 확인하고는 안심한 듯 사료를 먹기 시작했다.

"안녕. 초코, 아니 검은 고양이야. 어디 아픈 데는 없어? 밤에는 춥지 않니?"

나는 카메라를 들고 있는 초코의 주인 옆에서 초코가 마치 주인 없는 길고양이라도 되는 양 등을 쓰다듬으며 말을 건넸다.

초코가 사료 먹는 장면을 성공적으로 찍고 난 뒤 나는 준비해 둔 초콜릿을 부숴서 여러 조각으로 만들고 사료와 섞어 골목길에 뿌려 두었다. 지현이는 혹여 초코가 초콜릿을 먹을까 봐 불안해했다.

"초콜릿 한 봉지를 다 먹으면 모를까, 조각 몇 개로는 아무렇지도 않아. 그리고 지금은 초코가 먹는 걸 찍는 게 아니고 내가 골목길을 정리하던 중에 누군가가 초콜릿을 주변에 뿌린 걸 발견하고 놀라는 장면을 찍는 거니까 쓸데없는 걱정 말고, 카메라나 잘 들어봐."

나는 빗자루를 들고 골목길을 쓸기 시작했다. 영상에는 '지금 이렇게 골목을 청소하는 이유가 있나요?'라는 자막이 붙을 예정이었다.

"왜냐하면 길고양이들의 식사를 챙겨주는 장소가 지저분하고 더러우면 건물 주인분들이 싫어하거든요. 길이 더러워진다고 고양이 사료 그릇 같은 걸 두지 못하게 하는 경우가 있다고 들었어요. 이럴 때라도 깨끗하게 청소해 두는 게 좋지 않을까 해서요."

나는 이마에 맺힌 땀을 닦으며 준비해 둔 멘트를 읊었다.

"그런데 이게 뭐지?"

나는 놀란 표정을 지으며 좀 전에 내가 바닥에 뿌린 초콜릿 조각을 집어 들었다.

"이거 초콜릿 아냐? 여기에 초콜릿이 왜 있지? 혹시 초코, 아니 길고양이가 먹은 것 아냐?"

나는 겁에 질린 듯 울먹이는 표정으로 말을 마치고 지현에게 지시 사항을 일러줬다.

"이 부분에서 초콜릿이 개나 고양이에게 왜 위험한지 자막으로 넣어줘. 알았지?"

지현이는 고개를 끄덕였다.

"안 되겠어. 조금이라도 먹었는지 알려면 일단 병원으로 가서 검사를 받아보자."

나는 걱정스러운 표정으로 초코를 안아 들고 골목에서 몇 블럭 떨어진 곳에 있는 동물병원으로 달려갔다. 상황을 들은 의사는 구토를 유발하는 주사로 속을 게워 낼 수 있다고 했다. 그러나 초코 주인인 지현의 격렬한 반대로 결국 피검사를 통한 간수치를 체크하는 걸로 결정했다. 뜻대로 따라주지 않은 지현에게 짜증이 났지만 나는 카메라 앞에서 검진받는 초코의 모습을 보며 눈물을 흘리는 모습을 잊지 않았다.

"솔직히 이렇게까지 하는 줄 알았다면 초코를 데리고 오지 않았을 거야."

촬영을 마치고 나온 병원 앞에서 지현이 말했다.

"아니. 어차피 건강 검진도 할 거잖아? 피 조금 뽑을 걸로 뭘 그래?"

내 말에 지현은 입을 벌리고 조금 놀란 표정을 지었다.

"나도 늘 유튜브하고 싶었고 네가 같이 하자고 했을 땐 정말 기뻤지만 이렇게까지 하고 싶지는 않아. 난 이제 그만둘래."

"좋아. 그만둬도 상관은 없는데 그래도 이번 편집까지는 해줘. 검진 결과는 다음 화에 이어진다는 예고편을 넣고 내가 병원에서 눈물 흘리는 장면까지 넣어야 해. 오늘 수고했어."

쿨하게 관계를 정리하고 자리를 떴지만 집으로 가는 버스 안에서 나는 새 편집자를 구하기 위해 연락처를 샅샅이 뒤져야만 했다.

업로드하면서도 예감이 좋았지만 〈초콜릿을 먹은 길고양이를 구조하다!〉는 기대했던 것보다 화제가 되었다. 조회수도 잘 나왔고 침체기에 빠졌던 채널에 활력이 돌았다. 하지만 무엇보다 바닥에 가라앉았던 자존심이 조금은 회복되었다. 구독자는 쭉쭉 늘어나 그토록 고대했던 십만 명을 가뿐히 넘겼다. 가슴이 벅차올랐다.

곧 실버버튼도 올 텐데 구독자 십만 달성 기념 영상은 어떻게 찍을까? 무슨 이벤트를 하지? 구독자들과의 만남? 팬 미팅? 어떻게 하지? 그런 고민을 하는 내 입가에 환한 미소가 번졌다.

하지만 내가 실버버튼을 받는 일은 절대 일어나지 않았다.

🐕 🐕 🐕

불과 며칠 만에 일이었다. 〈뭐하는 걸까요?〉라는 쇼츠 영상 하나가 퍼져나가며 조용히 조회수를 올리고 있었다.

영상은 건물 사이의 골목길을 고층에서 카메라 줌을 당겨 찍은 듯 많이 흔들리고 초점은 잘 맞지 않았다. 하지만 나는 바로 알 수 있었다. 얼마 전 〈초콜릿 먹은 고양이를 구조하다!〉 영상을 찍은 바로 그 골목이라는 것을….

카메라를 들고 세팅하는 지현이와 그녀의 고양이 초코의 모습이 영상 속에 스치듯 담겨 있었다. 나는 15초짜리 그 영상을 수십 번 돌려본 뒤 내 모습은 보이지 않는 것을 확인하고 나서야 가슴을 쓸어내렸다. 이 정도 정보로는 쇼츠 영상에 나온 골목길이 〈초콜릿 먹은 고양이를 구조하다!〉의 촬영 현장이라고 알아볼 사람은 없을 거라 생각했고, 큰 문제가 되지 않을 거라고 믿었다.

하지만 아니었다. 한 유튜버가 그 짧은 15초짜리 쇼츠 영상에 스치듯 나온 골목의 모습과 내가 올린 〈초콜릿 먹은 고양이를 구조하다!〉의 영상을 비교하며 같은 날, 같은 촬영을 한 사람들이라고 주장하는 〈'초콜릿 먹은 고양이를 구조하다!'가 주작인 이유〉라는 영상을 올렸다. 하지만 나는 여전히 무시하기로 마음먹었다. 곧 잠잠해질 거라 생각했다. 고작 십만을 넘긴 중학생 유튜버한테 사람들은 큰 관심을 가지지 않을 거라 여긴 것이다.

착각이었다. 〈'초콜릿 먹은 고양이를 구조하다!'가 주작인 이유〉를 보고 온 사람들이 내 채널에 몰려와 해명을 요구하는 댓글과 인신공격을 해대는 악플을 달기 시작했다. 심장이 쿵쾅거렸다. 댓글을 읽느라 스마트폰을 들고 있는 손이 벌벌 떨리기 시작했다.

지현이를 비롯해 많은 사람에게서 연락이 빗발쳤지만 나는 겁이 나서 전화를 받을 수 없었다. 나는 댓글 읽기를 그만두고 전화기를 꺼버렸다. 책상에 앉아 해명문을 쓰기 시작했다. 그래, 논란 없는 유튜버가 어딨어? 셀럽이 되려면 다들 한 번씩 이런 일 겪는 거 아냐? 나는 흔들리는 멘탈을 부여잡고 옷장을 뒤져 가장 단정한 셔츠를 골라 입은 다음 카메라 앞에 섰다.

〈조작은 전혀 사실이 아닙니다〉라고 제목을 붙여 영상을 올렸다. 해명 내용도, 타이밍도 나쁘지 않았고 생각했다. 촬영 현장을 찍은 영상에는 빠져나갈 구멍이 많아 보였다. 상황을 조작했다는 결정적인 증거가 될 만한 부분은 보이지 않았다. 그저 스텝들이 고양이 먹을 물과 사료를 챙겨 주기 위한 현장 리허설 점검 모습이라고 하면 될 일이었다. 게다가 결정적으로 내 모습은 보이지 않았기다. 그래서 이 해명으로 모든 문제가 해결될 거라 생각했다. 그럼 된 거다. 그러면…

하지만 해명 영상이 무색하게도 처음 〈뭐 하는 걸까요?〉 영상을 올렸던 사람으로 추정되는 누군가가 다른 영상을 추가로 올리면서 내가 직접 상황을 조작한 정황이 드러나고 말았다. 새로 올라온 영상 역시 멀리서 줌인으로 찍은 듯 누군가의 얼굴을 알아볼 만큼 선명하지는 않았다. 하지만 무언가를 사료와 함께 골목에 뿌리고 있는 머리카락이 이제 막 지는 햇빛을 받으며 핑크빛으로 밝게 빛나고 있었다.

[수익과 조회수를 위한 자극적인 어그로 영상, 어디까지 허용?]
[유튜브 조회수 위해 고양이 학대 영상 올려 충격]
[조회수가 곧 돈! 유튜브 이대로 좋은가?]

그날 이후 이 같은 제목의 뉴스 기사가 포털 사이트의 대문을 장식하기 시작했다. 어느새 나는 사회 문제가 되어 있었다.
'학교에서 맨날 거짓말만 하고 다니더니 꼴좋다.'
'나 늘봄이랑 같은 학교 다니는 데 자기 엄마가 유명했던 가수

라는 둥 옛날부터 거짓말로 좀 유명한 애임…'

'늘봄 쟤 애들 돈 뺏고 일진 놀이하면서 학폭으로 처벌 받고
서도 정신 못 차렸네~'

말도 안 되는 수많은 악플이 달리기 시작했다. 주로 상황을 조
작한 것에 대한 비난이었지만 내가 하지도 않은 헛소문이나 허
위 사실이 올라오기도 했다. 상황이 심각해지자 초코의 주인인
지현이 역시 내가 자기 고양이를 데려와 길고양이인 척 꾸미자
고 강요했다며 폭로에 가세했다.

게다가 사람들은 내 전화번호는 어떻게 알아낸 걸까? 전화기
를 켜기 무섭게 카톡과 문자로 욕설이 쉴 틈 없이 들어왔고 자기
전화번호는 숨긴 채 반복해 걸려 오는 전화도 있었다.

누군가 나를 동물 학대로 신고했다며 경찰서에서 연락이 왔다.
구글에서는 누적된 신고로 채널 활동이 정지되었고 삭제될 예정
이라는 메일이 왔다. 고작 십만 명의 구독자를 가진 유튜버에게
이렇게 큰 관심이 쏟아질 거라고는 나는 꿈에도 생각하지 못했다.

🐎🐎🐎

모두가 떠났다. 엄마와 아빠는 내게 들어온 고소, 고발 건을
처리하느라 분주히 움직였다. 애초에 고양이에 대한 직접적인
해를 끼친 것도 아니고, 동물 병원에서 초콜릿을 먹은 흔적은 없
다는 검진 기록과 고양이 주인도 상황을 알고 있었기에 동물 학

대에 관해서는 법적으로 아무런 문제가 되지 않았다.

하지만 거짓으로 조작한 영상으로 사람들을 속인 것에 대한 대중의 심판은 여전했다. 나는 학교에 가지 않고 방안에만 틀어박혔다. 바깥세상이 무서웠다. 스마트폰도 며칠째 켜지 않았다. 집 밖에 나가면 나를 알아보는 사람들이 욕을 할 것만 같았다.

죄책감과 후회가 몰려왔다. 그동안 내 유튜브 채널에 출연하고 싶어 매일 같이 연락하던 친구들은 사라지고 이제는 아무도 나를 찾지 않았다. 아빠는 문제가 해결될 때까지 직장에 휴가를 내고 우리 집에 머물기로 했다.

어두운 방에서 나는 아주 오랜만에 개명 노트를 펼쳤다. 나를 놀리는 별명이 많아서도 아니고 아빠가 약속을 못 지켜줘서도 아니었다. 늘봄이란 이름으로는 앞으로 살아갈 수 없을 것 같아서였다. 하지만 두려움과 눈물이 앞을 가려 나는 이름을 고를 수가 없었다.

그렇게 세상의 눈이 무서워 숨어지내던 어느 날, 엄마는 호들갑을 떨며 전화를 받아보라며 내게 핸드폰을 건네줬다.

"누군데?"

나는 퉁명스럽게 전화기를 받았다.

"여보세요? 언니, 저 희봄이에요."

나는 뜨거운 불이라도 만진 것처럼 후다닥 전화를 끊어버렸다. 내 소식을 들은 희봄이 여러 차례 연락했지만 내가 전화를 받지 않자 엄마의 연락처를 수소문해 전화했던 것이다.

하지만 나는 아직 희봄과 대화할 자신이 없었다. 그럴 수가 없었다. 희봄이는 왜 전화를 했을까? 언젠가 그리될 줄 알았다고 꼴 좋다며 비웃기라도 하려는 걸까?

"왜 끊었어? 뭐라도 도와 달라고 하지."

엄마가 말했다.

"엄마! 그게 무슨 소리야? 내가 걔한테 뭘 해달라고 해?"

"해명이라도 대신 해달라거나 뭐라도 해야지. 그거라도 안 하면 뭘 어떻게 할 건데? 이제 와서?"

"내가 뭘 하든 그건 아니지. 엄마 왜 그래. 나도 아는 걸 어른이 왜 몰라?"

나는 다시 이불을 뒤집어쓰고 눈을 감았다. 이대로 세상이 끝나 버렸으면 좋겠다고 소원을 빌었다.

나는 꿈을 꾸었다. 아무리 걸어도 문이 없는 어두운 방 안이었다. 문을 찾기 포기해 주저앉아 있던 내게 누군가 나타났다. 희봄이었다.

"언니는 남의 거 뺏어다 맘대로 갖고 놀더니 이제는 다 망가뜨렸네요?"

"아냐, 희봄아. 그런 거 아냐. 용서해 줘."

"벌받아요. 벌받으면 돼요."

감은 내 눈에서 하염없이 눈물이 흘렀다.

언제 잠이 들고 깼는지도 모를 시간이 흘렀다. 나는 뒤집어쓴 이불 속에서 계속 방문을 두드리는 소리에 잠에서 깼다. 짜증이 밀려왔다. 엄마는 아직도 내게 할 잔소리가 남았나 보다. 나는 이불을 걷어차고 일어나 거칠게 방문을 열었다.

그런데 문밖에 서 있던 건 엄마가 아니었다. 세상에서 제일 만나기 무서운 사람이었다. 희봄이가 나를 찾아온 것이다.

내 방에 다른 문이 하나 더 있었더라면 나는 그 문을 열고 도망쳤을 것이다. 우리 집이 1층이었다면 나는 창문으로 뛰어나갔을 것이다.

하지만 내 방에 다른 문은 없었고 창문으로 뛰어내리기에 우리 집은 너무 높았다. 희봄은 그렇게 퇴로도 없이 뒷걸음질 치는 내게 다가와 가만히 나를 안아 주었다. 나는 아직도 꿈을 꾸고 있다고 생각했지만 희봄의 눈물에 꿈이 아님을 깨달았다.

우리 두 사람은 말없이 서로를 안고 울었다. 희봄은 모든 게 괜찮을 거라 말했다. 희봄의 품 안에서 처음 희봄이와 첫 촬영을 했던 음악실이 떠올랐다. 그리고 그 어떤 때보다 그때가 가장 행복했던 시간이었음을 알게 되었다.

사태는 또 생각보다 금세 잠잠해졌다. 상황은 조작했지만 실제로 이뤄진 동물 학대는 없었다는 사실이 알려지자 공격할 거리가 사라진 사람들은 곧 또 다른 이슈를 따라 떠나갔다. 나는 그렇게 한물간 이슈가 되어 버렸다.

악몽 같던 시간 동안 학교를 빠진 날이 많긴 했지만, 다행히 최소한의 출석 일수는 채워 간신히 중학교는 졸업할 수 있게 되었다. 졸업식이 열리던 강당에 들어서자 나를 알아본 사람들의 수군거림이 들리는 것 같았다. 사실 졸업식에 가고 싶지 않았다. 아니 갈 수 없었다. 그럴 만한 용기가 없었다. 아무리 지나간 이 슈라지만 아직은 두려웠다. 아마 희봄의 설득이 없었다면 그녀가 내 옆자리에 앉아 있지 않았다면 아마도 나는 졸업식에 가지 않았을 것이다.

🐎🐎🐎

내 우려와 달리 강당 안에 모인 사람들은 내게 관심이 없었다. 사람들의 관심은 나보다 희봄에게 쏠려 있었다. 아이들이 희봄에게 다가와 사인과 사진을 요청했다. 평생 사람들의 관심을 원하며 살았지만, 지금만큼은 사람들의 이목을 대신 끌고 있는 희봄이 너무나 고마웠다.

작은 소란이 지나고 졸업식 행사가 시작되었다. 선생님들의 축사가 이어지고 밴드부가 악기와 장비들을 세팅하기 시작했다. 곧이어 익숙한 멜로디의 반주와 노래가 강당에 울려 퍼졌다.

내가 1년 전 같은 곳에서 선배들의 졸업을 축하하기 위해 불렀던 〈이젠, 안녕〉이었다. 그때처럼 강당 안에 모인 사람들이 밴드부의 노래를 따라 부르는 동안 나는 지난 1년간 있었던 일들이 한꺼번에 떠올라 고개를 무릎에 파묻고 조용히 울음을 삼켰다.

"너 내가 밉지 않았어?"

졸업식이 끝난 학교 운동장, 꽃다발을 들고 부모님과 돌아가는 아이들, 헤어지기 아쉬워 사진을 찍어대는 친구들로 가득한 모습을 지켜보던 나는 희봄에게 물었다.

"밉죠. 지금도 미워요. 언니."

전과 달리 직설적인 희봄의 말에 나는 내 질문이 부끄러워졌다.

"그런데요. 나는 알아요. 언니가 나쁜 사람 아닌 거."

"내가 너라면 용서하지 못 했을 거야. 욕심 부리더니 꼴좋다 하면서 말야…."

희봄은 대답 대신 한 무리의 학생들을 가르키며 말했다.

"언니, 저 언니들 알죠?"

"알지. 어쭙잖게 일진 놀이 하면서 애들 괴롭히던 녀석들. 근데 아무리 그래도 쟤네는 나한테 못 까불어."

나는 의기양양하게 말했다.

"언니 진짜 기억 못 하는구나."

"응?"

"내가 언니한테 말한 적 있죠? 우리 본 적 있다고."

희봄은 웃으며 말을 이어갔다.

"나 1학년 때, 그러니까 학교 입학하고 얼마 안 되었을 때, 유튜브 한다고 셀카봉에 카메라 매달고 교내 여기저기를 돌아다니고 있었는데, 저 언니들 보기에 눈에 거슬렸나 봐요. 바로 붙들려서 학교 분리수거장으로 끌려간 적 있었어요."

"뭐? 언제? 나한테 말하지 그랬어! 저 녀석들을 당장 내가!"

"아니 들어봐요. 언니 만나기 전이라니까. 아, 물론 그날 언니를 알게 되었지만."

"암튼 나는 바짝 겁을 집어먹고 있었고, 저 언니들이 저한테 욕하면서 까불고 다니지 말라는 둥 위협하고 있을 때 어디선가 쩌렁쩌렁한 목소리가 들리는 거예요."

"거기 일찐 학생들! 당장 해산하지 않으면 학폭 선생님한테 신고 들어갑니다! 당장 해산합니다!"

"아!"

희봄의 말에 깊이 잠들어 있던 기억 하나가 떠올랐다. 희봄은 그런 내 표정이 재밌다는 듯 웃으며 말했다.

"이제 기억나요? 목소리가 얼마나 크던지, 그때 일찐 언니들이 놀라서 연못에 돌 떨어진 금붕어들마냥 도망갔어요. 소리 나는 쪽으로 고개를 들어 보니 3층에서 언니가 우리 쪽을 보고 소리치고 있더라고요."

노래 연습도 잘 안되고 학원도 가기 싫은데 렌즈까지 잃어버려 짜증 나던 날이었다. 멍하니 복도 창문 밖만 보고 있었는데 잘 보이진 않았지만 나와 같은 학년의 일찐 무리가 누군가를 둘러싸고 괴롭히고 있는 건 확실했다.

안 그래도 탐탁지 않던 녀석들의 그 모습이 보기 싫어 나는 소리를 질러 쫓아냈다. 그런데 그날 괴롭힘을 당하고 있던 애가 희봄이었다니.

"내가 꾸벅 인사를 하니까 언니는 대충 손을 흔들고는 창문 안으로 사라졌어요. 그때 언니가 친절하게 나를 구해줬으니까 나도 이번에 언니를 구해주고 싶었어요."

나는 이번에도 고개를 무릎에 파묻었다. 다만 이번에는 눈물이 아닌 터져 나오는 웃음을 참느라.

"언니는 친절한 늘봄씨니깐."

작가의 말

노란색 눈알을 희번덕이고 시뻘건 혀를 날름거리며 구렁이는 새끼 제비들이 있는 제비집을 향해 천천히 다가가고 있었습니다. 아직 나는 법을 배울 만큼 자라지 못한 새끼 제비들은 다가오는 위험 앞에서 어미를 애타게 부르짖는 것 말고는 할 수 있는 일이 없었습니다. 새끼 제비들이 구렁이 배에 들어가는 건 시간문제였습니다.

이를 딱하게 여긴 흥부가 구렁이를 쫓아내고 바닥에 떨어진 새끼 제비를 정성껏 치료해 준 덕분에 새끼 제비는 건강히 자라 겨울에 따뜻한 나라로 떠날 수 있었습니다.

사실 사람인 흥부 입장에서 그건 그리 어려운 일은 아니었을 겁니다. 그저 몽둥이를 몇 번 휘두르고 자기 옷을 조금 찢어 부러진 제비의 다리를 싸매 주었을 뿐이죠. 그렇기에 흥부는 자신이 제비를 구해준 일로 인해 앞으로 어떤 일이 생길지 알지 못했습니다.

제 이야기 속에 나오는 희봄이 역시 물에 빠진 고양이를 구해줄 때만 해도 앞으로 무슨 일이 벌어질지 예상하지 못했습니다. 물론 고양이가 제비처럼 금은보화와 대궐 같은 기와집이 나오는 박씨를 가져다준 것은 아니지만, 희봄이가 물에 빠진 고양이를 구하는 모습을 담은 영상이 인터넷에 퍼지며 희봄은 아주 큰 유명세를 얻게 되었죠.

알다시피 현대사회에서 유명세라는 것은 큰 부를 얻을 수 있는 조건 중 하나이기에 지금도 많은 사람이 유명인이 되고자 카메라 앞에서 자신의 재능을 뽐내고 있습니다.

늘봄이 역시 그런 삶을 동경하던 소녀입니다. 본디 원하던 가수의 꿈이 좌절된 후 희봄을 만나며 유튜버라는 새로운 꿈을 갖고 어느 정도 성과를 이루기도 했지만, 늘봄의 욕심은 거기서 그치지 않았습니다.

그렇기에 늘봄은 자신보다 훨씬 유명인이 된 희봄에게 부러움과 시기심을 갖게 되었고, 희봄의 성공을 어설프게 흉내 내다 대중과 사회의 질타라는 큰 벌을 받게 됩니다. 놀부의 박 속에서 각종 오물과 무서운 것들이 쏟아져 나와 놀부가 가진 모든 것을 빼앗고 망쳐버린 것처럼 말이죠.

하지만 놀부가 무리한 욕심을 부리다 모든 걸 잃었을 때 동생 흥부가 단순히 형제 된 도리로 형 놀부를 도와준 것과 달리, 희봄이 자신에게 못되게 굴었던 늘봄을 용서하고 도와준 배경에는 늘봄이 스스로 기억하지 못할 정도로 아주 사소한 친절한 행동이 있었습니다.

하나의 친절한 행동이 사방에 뿌리를 뻗고 그 뿌리는 자라서 커다란 나무가 된다는 말이 있습니다. 여기서 말하는 친절한 행동이란 평생 모은 재산을 사회에 기부하는 것처럼 거창한 일은 아닐 것입니다.

그저 친구에게 먼저 부드럽게 인사를 건네고, 장점을 칭찬해 주는 것만으로도 충분히 친절한 행동이라고 부를 수 있습니다. 또는 좀 더 용기를 내어 곤경에 빠진 친구를 도와줄 수도 있을 겁니다. 희봄이와 늘봄이 서로에게 했던 것처럼 말이죠.